신비한 신학: 지금 있음에서 존재로

월러스 스티븐스 후기시와 현실

이 저서는 2011년도 정부(교육부)의 재원으로
한국연구재단의 지원을 받아 연구되었음(NRF-2011-35C-A00770).

신비한 신학: 지금 있음에서 존재로

월러스 스티븐스 후기시와 현실

진경혜 지음

도서출판 동인

감사의 글

이 연구는 2011년 한국연구재단의 지원을 받아 시작되었다. 한 편의 논문으로 족하리라 생각하였던 연구가 필자의 이런저런 핑계 뒤의 게으름과, 스티븐스 후기시들을 현실이라는 하나의 주제 아래 조명해 보려는 무리함으로 인해, 또 현실과 관련하여 그의 후기시에 종종 등장하는 "지금 있음"(being)이 뜻하는 바를 규명하는 작업의 어려움으로 인하여 계획보다 한없이 지연되었고, 논의의 분량도 늘어나게 되었다. 이 모든 것이 필자의 능력 부족 때문임을 고백하면서, 재단 측에 죄송함과 감사함을 표한다.

스티븐스 후기시들에서 "지금 있음"을 밝히는 작업이 어려웠던 것은 "지금 있음"을 하나의 정해진 의미로 재어내려 했었기 때문이다. 그러나 끊임없이 변화하는 현실에서 "지금"은 연속되는 수많은 순간이기에, 스티븐스는 지금 여기에 무엇이 있는가를, 여러 계기와 여러 각도에서 생각하였고, 결국엔 "지금"을 넘어서는 보다 근원적인 "있음"을 향해 생각을 넓혀 갔던 것 같다. 지루했던 연구 과정은 필자 자신의 편협함에서 벗어나는 과정이기도 했다. 스티븐스 후기시에 대한 이 하나의 "허구"가 다양한 진실된 연구들로 수정되어 가길 필자는 희망한다. 마지막 순간에 부족한 제자의 글을 읽어주시고, 늘 그러시듯, 보다 넓은 시각에서 스티븐스 시를 살피도록 조언해 주신 김우창 선생님께, 또 늘 깊은 염려로 사랑을 베풀어주시는 사모님께도 깊은 감사를 드린다.

　비단 스티븐스 시 연구를 통해서가 아니더라도 나날의 순간들이 그 수고와 뻑뻑함에도 불구하고 우리를 더 넓고 너그러운 지형 속으로 인도하길 바란다. 지금 이 순간을 있게 한 크고 작은 도움들을 헤아려 보면서 무엇보다 부족한 원고를 선뜻 받아주신 도서출판 동인의 이성모 사장님과 세밀하고 정확하게 편집 작업을 진행해 주신 박하얀 님을 비롯한 편집부 여러분들께 감사를 드린다. 책 읽을 시간이 없다는 불평과 잔소리를 늘 말없이 받아주고 도와주는 남편과 아이들에게도 고마움과 미안함을 전하며, 오래전 작고하신 아버지와, 오랫동안 요양원에 계시면서 더할 수 없는 너그러움으로 딸의 삶을 지켜주시는 어머니의 깊은 사랑에 부족한 이 책을 바친다.

신비한 신학: 지금 있음에서 존재로

머리말

이 연구서는 미국 시인 월러스 스티븐스(Wallace Stevens, 1879-1955)의 후기 작품들에서 현실에 대한 그의 생각을 밝혀보려 한 것이다. 현실과 사람 마음의 작용 관계는 스티븐스 시에서 중요한 주제이지만, 대부분의 연구들은 이 문제에 철학, 문학 이론들을 가지고 접근하여, 삶의 현실에 대한 스티븐스의 관심을 괄호 안에 넣고 출발하였다. 이론적 연구들이 주는 도움에도 불구하고, 이론들의 난해함은 스티븐스 시를 더욱 추상적이고 사변적인 것으로 만들어 접근을 어렵게 한다. 스티븐스도 1952년 한 편지에서 자신의 시가 너무 많은 철학적 틀 속에 맞춰지고 있다고 지적하였다(L 753). 이 연구는 어려운 이론들은 가능한 접어두고, 1947년 이후 쓰인 스티븐스 시를 자세히 읽어, 이 시들에서 현실(reality), 지금 있음(being), 있음(be), 존재(presence)의 단어들이 실제 어떤 맥락에서 어떤 의미로 사용되고 있는지를 파악하여, 이로부터 "현실"에 대한 그의 생각의 윤곽을 추론해가는 귀납적 방법을 택하였다. 이렇게 함으로써, 이론적 논의들이 배제하였던 많은 후기시들에서 "지금 있음", "있음", "존재"와 같은 단어들이 단일한 의미에 국한된 것이 아니라, 구체적 상황 속에서 조금씩 다른 대상을 지칭하면서도 일관되게 주변 현실의 형성 과정이 지니는 시적, 정신적 의미를 탐구하는 데 사용되고 있다는 사실을 밝혀보려 하였다. 대부분의 연구들은 이론적 틀에 맞추어 스티븐스 시를 부분적으로 인용하기에, 개별적 시의 이해 외에도, 여러 후기시들을 전체적 구도 속에서 이해하는 데 한계가 있다. 이 연구는 1947년 이후부터 그가 작고한 1955년까지의 작품들을 발표된 순서를 고려하며 읽어, "현실"에 대한 스티븐스의 생각의 전개를 전체적으로 그려보려 하였다. 시들의 인용과 번역이 다소 길어진 것에 대해 독자들의 양해를 구한다.

1947년 이후에 쓰인 스티븐스 후기시들과 철학 이론 사이에서 유사한 평행들을 조명하는 많은 연구들이 있지만[1], 스티븐스가 이 시들을 통해 삶의 현실에 대하여 무엇을 말하는지를 전체적으로 조망해 보는 시도는 드문 것 같다. 그러나 이 시기 그의 글과 편지들은 그가 보험회사 변호사이자 시인으로 당대 많은 지식인과 예술가와 교류하면서 2차 대전 이후의 삶에서 믿을 만한 새로운 현실관을 모색하는 문제에 대해 진지한 관찰과 탐구를 계속하고 있었음을 말해준다.[2] 기독교적인 믿음이 사라진 주변 현실에 대한 스티븐스의 관심은 그의 초기부터 있어 왔지만,

---

1) 스티븐스 시에서 철학적 실재나 진리를 뜻하는 Being에 주목한 연구로 Hillis Miller, Thomas Heins, Paul A. Bove, Simon Critchley, Daniel Tompsett, Krzysztof Ziarek 참조.
2) L 593, L 621 참조. 스티븐스는 당대의 추상화들이 불분명한 형이상학에서 벗어나 "새로운 현실"을 발견하게 되기를 기대하였고, 또한 당대의 삶 자체가 변화에도 불구하고 기계적 판박이의 삶이라 비판하고, 공산주의와 같은 추상적 이론 대신 인류의 현실로 돌아가야 한다는 견해를 밝히고 있다.

1947년 이후 70대에 이른 노년의 그는, 보이는 주변 현실이 우리 마음의 어떠한 과정을 통하여 형성되며, 삶에 믿음을 제공할 수 있는 새로운 현실관은 어떤 것일지, 시와 예술은 이 문제와 관련하여 어떤 역할을 하여야 하는지에 대해 끊임없는 성찰을 보이고 있다. 시의 이론이 곧 삶의 이론이라는 그의 견해는 이러한 각도에서 바로 이해될 수 있을 것이다. 스티븐스는 말년에 "필요한 천사란 열흘 중 아흐레는 상상력의 천사이지만, 정작 중요한 것은 열 번째 하루, 현실의 천사"(L 753)라 하여, 생각과 마음의 작용에 앞서, 구체적인 주변 현실로부터 세계가 열어 보이는 법칙과 가능성을 감지하는 것이 삶의 큰 축복임을 말하였다.

 이 책에서 특히 살피고자 한 것은 스티븐스의 후기 작품들에서 현실에 대한 생각들이 어떠한 경로를 거쳐 믿을 만한 현실관에 이르고 있는지이다. 지금 여기의 현실 표면이 마음의 시적 작용(스티븐스는 이를 상상력으로 칭한다)을 통해, 존재로서의 세계의 조망과 믿음으로 열리는 이 과정은, 주변 현실로부터 출발하여 현실 세계에 대한 믿음으로 되돌아오기에, 초월적 신과 내세를 중심으로 하는 기독교 신학에 대비되는 "신비한 신학"(A Mystical Theology, NA 173)을 이룬다. 2차 대전 이후 노년을 맞은 그는 쇠락의 느낌과 더불어, 기존에 남아있던 현실관이 해체되고 있음을 절감하고, 당대의 삶에서 진실 추구는 현실을 통하여 이루어져야 한다고 생각하였다(CPP 838). 그는 현실의 변화를 읽어내는 우리의 감각과 생각을 중요하게 생각하여, 기존 현실관에 대해 시대마다, 지역마다, 순간마다 마음 작용을 통해 늘 새롭고 다양한 모습으로 탄생, 변화해 가는 다원적이고 역동적인 현실관을 제시하였다. 스티븐스의 생각에 다양한 순간들의 유동적 흐름으로서의 현실은, 이를 무한한 가능성으로 포용하는 말없는 세계의 존재로 인하여 가능한 것이다. 1947년 무렵의 작품들이 사람 마음의 시적 작용에 주목했다면, 1950년대의 시들은 가능성을 내포한 존재로서의 세계를 비추는 데 주력하고 있다.

스티븐스의 후기시에서 마음은 우리 마음속에 있는 것이면서 동시에 세계 자체에 들어 있는 것이기도 했다. 1955년 작고하기 몇 개월 전, 두 번째 시 부문 전미도서상을 받으면서 그는 자신의 시적 생애를 통하여 "마음 안에 들어 있는 마음 위의 힘을 알게 되었고, 상상력이 우리 안에서, 또 우리 주변에서 스스로를 비출 때, 그것이 열어 보이는 광대한 영역을 알게 되었다"(CPP 878)고 술회하였다. 현실에 대한 스티븐스 평생의 관심과 탐구는, 그의 말년에 "세계에 대한 믿음"(la confiance au monde, CPP 865)의 회복이라는 문제로 이어지기에 "신과 상상력은 하나"(God and the imagination are one. CP 524)라는 말은 그의 "신비한 신학"의 핵심을 이루는 고백이라 할 수 있겠다. 스티븐스 후기 작품에서 세계와 사람 마음과 그를 넘어서는 전체는 우리의 현실 안에서 하나로 합쳐져 "신비한 신학"의 삼위일체를 이루고 있다는 사실을 이 연구는 밝혀보려 하였다.

이 연구는 스티븐스 시와 현실에 대한 저자의 일련의 연구들의 마지막 부분이다. 저자는 이 연구들을 통해 그가 현실의 여러 층위를 다루고 있음을 밝혀왔다.3) 스티븐스 시를 연구하면서 "비현실적"이라는 비난

---

3) 『하모니엄』(Harmonium)과 미국의 자연 현실; 이후 10여 년간 침묵 시기에 그가 겪었던 경험 현실; 『질서에 관한 생각들』(Ideas of Order)에서의 대공황기의 현실(1995); 『올빼미 토끼풀』(Owl's Clover)과 『푸른 기타를 든 사람』(The Man with the Blue Guitar)의 일상 현실(1999); 『한 세계의 부분들』(Parts of a World)과 『여름에로의 여행』(Transport to Summer)과 2차 대전 전쟁 현실(2001); 1940년대 스티븐스의 족보

신비한 신학: 지금 있음에서 존재로

에서 자유로울 수 없었지만, 실제 먹고사는 현실에 자연, 사회, 역사 등 여러 현실이 복합적으로 얽혀 있으며, 우리 마음이 세계의 보이고 보이지 않는 현실들과 끊임없이 교류하며 지금 여기의 현실을 지어낸다는 스티븐스의 견해는 저자에게 적지 않게 위로를 주고 든든한 지탱이 되었다. 스티븐스는 흔히 오해되는 것과 달리 비정상적인 것들 가운데에서 정상적인 것을 인지하는 힘으로서의 상상력을 말하였는데, 이는 낯선 현실이 우리 마음과 생각의 작용을 통하여 인간적인 옷을 입고, 우리가 믿고 거주할 세계를 이루어 낸다는 그의 신념을 말한 것이다. 이 연구를 통하여 독자들이 이론에 대한 부담감을 줄이고, 스티븐스의 시를 직접 접하며 현실에 관한 다양한 생각들 속으로 자유로이 열리기를 희망한다.

이 연구는 스티븐스가 1947년경부터 작고한 1955년까지 쓴 시와 글들을 대상으로 하였다. 1950년 발표된 『가을의 오로라들』의 32편의 시들, 1954년 발간된 『시집』 마지막 부분인 『바위』의 24편의 시들, 그리고 1951년 펴낸 시론집 『필요한 천사』(*The Necessary Angel*)의 7편의 글들 중, 47년 이후에 쓰인 5편의 산문을 우선적으로 고려하였다. 이 시기에 쓰였으나 스티븐스 사후에 편찬된 32편의 시와 22편의 글들은 프랑크 커모드(Frank Kermode)와 조앤 리차드슨(Joan Richardson)이 편찬한 『월러스 스티븐스 시와 산문집』(*Wallace Stevens: Collected Poetry and Prose,* New York: The Library of America, 1997)(CPP로 약함)을 참조하였다. 『시 전집』(*The Collected Poems of Wallace Stevens*, New York:

연구와 역사적 현실(2003); "가을의 오로라들"(The Auroras of Autumn)과 현실 인식의 계기들(2010); 그리고 이번 연구에서 다룬 후기 시집, 『가을의 오로라들』(*The Auroras of Autumn*)과 『바위』(*The Rock*)에서의 철학적, 종교적 현실이 그것들이다.

Alfred A. Knopf, 1980)은 CP로, 산문집『필요한 천사: 현실과 상상력에 관한 글들』(*The Necessary Angel: Essays on Reality and the Imagination*, New York: Vintage Books, 1951)은 NA로, 서한집『윌러스 스티븐스의 서한들』(*The Letters of Wallace Stevens*, selected and edited by Holly Stevens, Berkeley and Los Angeles: U of California P, 1996)은 L로 약하였다.

차 례

들어가며

스티븐스가 그의 생애의 후기, 1947년에서 1955년까지의 시기에 여전히 중요한 시들을 발표하였다는 블룸(Bloom 253, 338)의 견해에 의문을 제기할 평자는 별반 없을 것 같다. 그의 시들도 이 시기에 문단에서 본격적으로 인정받기 시작했다. 그는 1949년 예일대 도서관에서 주관하는 볼링겐상을 비롯, 1950년 발간된 『가을의 오로라들』(*The Auroras of Autumn*)로 1951년 전미도서상을 수상하였고, 같은 해 6월, 하버드대 졸업 50주년 기념 모임4)에서 명예학위를 받았다. 또한 사망 1년 전, 1954년 발간된 『시 전집』(*The Collected Poems of Wallace Stevens*)으로 1955년 퓰리처상과 두 번째 전미도서상을 받았으며, 예일대에서도 명예

---

4) 스티븐스는 1897년 가을부터 1900년 봄까지 하버드대 3년 과정인 비학위 과정 학생으로(as a special student) 재학하여 1901년 졸업 동기가 되었다(L 33, 각주 5).

학위를 받았다.

이 시기에 쓰인 스티븐스의 작품에 대하여, 많은 비평가들은 그의 신체적 노화와 연결 지어, 상상력의 쇠퇴(Carroll, Leggett 4 재인용), "아무것도 아닌 형태의 지금 있음"(being in the form of nothingness, Miller 158), 또 가을, 겨울, 죽음, 혹은 종말에 대한 사유(Vendler, Berger) 등을 보인다고 관찰하고, 다른 한편에서는 이 시기 "현실"에 대한 그의 관심을 철학 이론들과 관련시켜 조명하고 있다(Hines, Tompsett). 이러한 연구들은 스티븐스 후기시의 난해함을 설명하고, 또 여전히 "현실"이 중요한 주제임을 말해 주지만, 정작 그가 자신을 둘러싼 삶의 현실에 관해 무엇을 생각하였는지를 밝혀주진 못하고 있는 것 같다. 스티븐스는 1949년, 컬럼비아대학에서 자신에 관한 박사학위 논문을 쓰고 있던 버나드 헤링만(Bernard Heringman)에게 보낸 편지에서, 자신의 시들은 프랑스 상징주의 시나 체계적인 철학과는 별 관련이 없으며, 계절에 관한 연작물이 아니라, 바탕에 "생각들의 흐름"(the drift of one's ideas)이 있다고 밝혔다. 그는 당시 쓰고 있었던 시 "뉴 헤이븐의 어느 평범한 저녁"(An Ordinary Evening in New Haven)에 대해, "흔하며 추한 일상의" 현실에 시인으로서 최대한 가까이 가보려는 시도로, "엄중한 실재"(grim reality)가 아니라, "있는 대로의 현실"(plain reality)의 문제를 다루며, 그 목적은 우리 자신들로부터 "잘못된 것"을 "정화"하는 데 있다고 설명하였다(L 636).

이로 미루어 볼 때, 스티븐스 말년의 주요 시적 관심은 노년에 따르는 죽음의 문제나 철학적 실재의 탐구보다는 일상의 "있는 대로의 현실"에 관여하여 "사실이 아닌 것들을 없애"고 정상적인(normal) 새로운 사실들을 발견하려는 것에 모아졌던 것 같다. 그는 이 시기 편지에서 "문학적 노력은 (정치가 아니라) 삶과 현실과 관련하여 의미 있으며"(it is easy to say that the basic meaning of literary effort, and therefore, of poetry, is with reference to life and reality and not with reference to politics. L 591), 적어도 시는 "보통의 삶, 흔한 것들에의 통찰, 일상 현실과의 화해를 발견해야 한다"(At least what one ought to find is normal life, insight into the commonplace, reconciliation with everyday reality. L 643)고 적었는데, 이러한 생각들은 실제 삶과 관련하여 시의 의미를 찾으려 했던 그의 의도가 특히 그의 말년에 이르러 더욱 깊이 있게 실현되고 있었음을 말해 준다.

스티븐스에게 현실에 대한 시적 탐구는 신앙을 잃어버린 시대에 종교적, 정신적 의미를 지니고 있었다. 그러나 노년의 스티븐스에게 중요했던 것은 일상 현실 너머의 추상적이고 초월적인 실재가 아니라, 수없이 다양한 일상 현실의 의미와 행동들 속에 움직이고 있는 총체적 원리를 탐구하고, 그것이 지니는 정신적 의미를 밝히는 일이었던 것 같다. 그가 인식하였던 것은 거의 언제나 우리의 느낌과 마음, 언어와 상상력 등, 주관적이고 인위적인 요소들이 변화하는 현실에 작용하여 세계의 바탕을 구성해 내고 있다는 사실이었으며, 동시에 이러한 인위적인 요소들이 지어내는 비사실의 오류들로 인하여, 세계에 대한 지도는 늘 현실로부터 새로이 발견되고 변화될 필요가 있다는 점이었다. 계절의 변화를 비롯한 시공간의 변화가 그의 후기시에 자주 등장하는 것은, 변화하는 일상 현실 속에서 끊임없이 비사실적 요소를 없애고, 물리적 세계의 현실로부터 "지금, 여기"의 현실을 새로이 발견해 가는 과정에 그가 시적 의미를 부여하고 있었기 때문이다.

노년의 스티븐스는 매 순간마다, 또 사람마다 새로이 인식된 현실들이 오류의 가능성이 있는 채로, 일상의 삶을 강화된 의미 속에 있게 할 뿐 아니라, 긴 시간의 흐름 속에서 끊임없이 새로이 생성, 축적되어, 한 시대, 한 지역의 삶의 역사와 문화를 이루어 흘러감을 관찰하였다. 그의 『시집』 마지막에서 두 번째 시, "코네티컷 강들 중 강"(The River of Rivers in Connecticut)은 "공간을 채우고, 계절을 비추며 / 저마다의 감각들이 이룬 / 민속 이야기인 / 이름 없는 흐름"(an unnamed flowing / Space-filled, reflecting the seasons, the folk-lore / Of each of the senses)에 주목하여, 이를 그리스 신화의 "죽음의 강"과 대비되는 "거대한 이승의 강"(a great river this side of Stygia, CP 533)이라 하고 있다. 스티븐스가 후기시들에서 관심을 두었던 "있는 대로의 현실"은, 우리의 마음과 정신이 깊이 개입하고 있는 현실이면서, 이러한 인위적 요소들을 매개로 하여 끊임없이 구성과 해체를 반복해 움직여 가는 삶의 현실이었다.

말년에 이른 스티븐스에게 "있는 대로의 현실" 문제는, 현실을 구성해 내는 시적 행위의 의미와 가치, 곧 일상 현실을 벗어나지 않으면서 진실의 발견에 관여하는 시인의 정신적 역할에 대한 확신에 연결된 것이다. 1947년 스티븐스는 "정확한 글의 정확성이란 현실의 구조에 관한 정확성"(The accuracy of accurate letters is an accuracy with respect to the structure of reality. NA 71)이라는 말로 하버드대 강연을 시작하였는데, 이는 비사실적인 것이 현실의 구조를 이루고 있기에, 정확한 현실 인식이란 잠시 현실에 근접하는 "탄젠트 선 상의 일시적인 시도들"(The

신비한 신학: 지금 있음에서 존재로

ephemeras of the tangent, NA 84)의 집적체 속에 있으며, 이러한 일시적 정확함의 편린들 한가운데 우리가 살고 있다는 사실을 말한 것이다. 1951년 그는 바드 대학(Bard College) 명예학위를 받는 자리에서 시적 행동의 의미를 설명하여, 우리의 일상 세계가 우리 감각과 마음, 주관, 상상력 등이 지어낸 크고 작은 상상의 건조물, 즉 "허구"(fiction)로 받쳐져 있기에, 시인은 "잘못된"(false) 상상력을 버리고 "진실한"(true) 현실로 늘 되돌아가게 되며, 이 과정에서 시인은 "피할 수 없이 항상 존재하는 난해함이자 연인"(his inescapable and ever-present difficulty and inamorata)인 현실을 받아들여 자신을 그에 귀속시키며, 이 과정을 통하여 시인은 "진실"에 관여한다는 신념을 지니게 된다는 사실을 말하였다 (CPP 838). 이로 미루어 볼 때, 말년의 스티븐스의 관심은, "진실"을 향한 수많은 노력들이 짓고 있는 "있는 대로의 현실", 곧 삶의 "중심에 있는 시"(the central poem, CP 442)를 드러내 보이는 일이었다고 하겠다. 끊임없이 오류를 바로잡고, 현실에 부합하는 진실을 발견해 가는 탐구과정은 스티븐스에게 신이 사라진 시대, 또 하나의 삶의 규율(sanction)의 가능성을 제공하였던 것 같다.

스티븐스의 대표적 비평가의 한 사람인 헬렌 벤들러(Helen Vendler)는 스티븐스의 마지막 시집 『바위』를 비롯, 말년에 쓰인 그의 시들에 죽음, 쇠락의 세계와 삶의 세계, 양면을 동시에 바라보는 "쌍안경 조망"(a binocular view)이 있다고 관찰하고, 이러한 특징을 신과 내세에의 신념이 사라진 현대에 새로운 스타일의 애가(modern elegy)를 쓰려 했던 그의 의도와 연결시켰다(1, 46). 그러나 노령임에도 불구하고, 시인 스티븐스의 관심은 죽음과 노화에 직면한 개인의 감정 표현이나, 종말에 관한 새로운 문학 스타일을 개척하는 데 있기보다는, 변화들을 포함하는 현실이 어떠한 모습인지 그 전체적 면모를 밝히는 데 모아졌다고 여겨진다. 그것은 "일상적이고, 흔하며, 추한" 현실에 가까이 있으면서도, "저널리즘을 뛰어넘어"(He skips the journalism of subjects, CP 474) 발견되는 현실로, 당대의 정치, 사회, 과학, 문화의 삶 전체를 아우르며 그 중심에 존재하는 전체적 현실이라 할 수 있다. 그가 현실에 대해 말년에 발견한 근원적이고도 전체적인 사실 중 중요한 하나는, 우리의 마음과 상상력이 지어낸 의미와 패러다임들이 현실의 "보이지 않는 뼈대"를 구성하고 있기에, 우리의 현실은 "늘 변화하며 / 변화 속에 살아있는 실체 없는 거인"에 비유될 수 있다는 사실이었다.

> That's it. The lover writes, the believer hears,
> The poet mumbles and the painter sees,
> Each one, his fated eccentricity,
> As a part, but part, but tenacious particle,
> Of the skeleton of the ether, the total
> Of letters, prophecies, perceptions, clods
> Of color, the giant of nothingness, each one
> And the giant ever changing, living in change.

> 바로 그것. 사랑하는 이는 쓰고, 믿는 사람은 들으며.
> 시인은 웅얼이고 화가는 본다.
> 제각각, 자신에게 운명 지어진 독특함으로.
> 일부이지만, 부분, 끈끈한 분자로

신비한 신학: 지금 있음에서 존재로

허공의 골격을 이룬다. 글들, 예언들,
인식들, 색깔의 군집들이 이룬 전체,
실체 없는 거인, 각 부분과 거인은
항상 변화하며, 변화 속에 살아 있다. (CP 443)

모든 이들, 특히 연인, 시인, 신자들의 상상력이 아무것도 아닌 것에 골격을 부여해 형체를 만들어 낸다는 관찰은 셰익스피어의 『한여름 밤의 꿈』 5막 1장 티시어스(Theseus)의 발언과도 유사하다. 그러나 스티븐스는 단순히 상상력의 창조적 역할을 지적하는 데서 더 나아가, 우리의 세계 자체가 "쓰고, 듣고, 중얼이고, 보는" 수없이 많은 일상의 행동과 의미 부분들이 어우러져 구성된 거인이며, 그 또한 항상 변화 속에 살아 움직이고 있다는 사실을 제시함으로써, 우리의 현실이 끊임없는 상상력의 작용에 근원을 두고, 그의 끊임없는 역동 속에 살아 움직이고 있는 존재라는 점을 말하고 있다. 이 현실에 서린 "근원들의 수호신"(patron of origins, CP 443)은 과거 기독교에서의 전지전능한 창조주에 대비되는 개념이라 할 수 있다. 그가 "사물들 한가운데 꼭 필요한 시"(The essential poem at the center of things, CP 440)라 할 때, 이는 상상력을 포함한 사람의 마음이나 감각이 세계에 작용하여 만들어 내는 모든 예술적, 지적 의미들이 총체적으로 이룬 근원을 지칭한 것이다. 스티븐스는 세계의 지평에 이러한 의미들이 이룬 거인이 "근원들의 수호신"으로 서려 움직이고 있다고 표현하는데, 이는 우리의 보통 현실 형성의 근원에 우리의 다양한 정신작용이 있다는 사실과, 그로 인하여 현실은 그를 넘어서는 보다 더 큰 움직임의 질서 속에 움직이고 있다는 종교적 차원의 암시를 세속적으로 표현한 것이라 여겨진다.

　말년의 시들에는 바위, 산, 강, 바다, 바닷가 절벽, 땅, 행성, 오로라, 혹은 파인애플, 장미 꽃다발, 도시의 거리, 바위를 덮는 나뭇잎들, 고향의 교회, 아침 햇빛, 달빛, 새소리 등 많은 자연의 구체적 사물들이 등장하고 있지만, 스티븐스가 정작 주목하고 있는 것은 이들을 통해 드러나는 삶의 중심, 곧 수많은 "보통 현실"에 내재되어 있는 하나의 중심인 듯 보인다. 그것은 주로 계절, 이주, 죽음, 세대 간의 교체 등, 시간, 공간의 흐름 속에 있으면서, 우리의 감각과 인식을 통하여 순간마다 변화하고 새로운 의미를 지니게 되는 현실이다. 그는 현실 세계 너머의 "엄중한 현실"보다는 사물들과 주변 있는 대로의 현실을 "엄중하게 보아 / 새로운 낙원의 언어로 담아내길"(not grim / Reality but reality grimly seen / And spoken in paradisal parlance new, CP 475) 원하였다. 그가 추구하였던 것은 뉴 헤이븐 같은 구체적 장소의 사실들로부터 발견되는 "삶의 이론"이었고, "삶의 책 전반에 들어있는 총체적인 훌륭함"을 발견해내는 "현실의 통치자"(The Ruler of Reality)로서의 시인이었다.

　　"He is the theorist of life, not death,
　　The total excellence of its total book."

　　"죽음 아닌 삶의 이론가,
　　책 전체에 깃든 총체적 훌륭함을 밝히는 이." (CP 485)

　주변 현실에 대하여 시가 지니는 의미와 역할에 관한 스티븐스의 지속적인 관심은 특히 그의 말년에 이르러, 일상 현실과 시의 관계에 관한 시론(poetics)을 정립해 보려는 노력으로 이어졌던 것으로 보인다. 말년에 스티븐스는 하버드대로부터 노튼 시 강의교수 초빙을 받았지만, 그에 응할 수 없음을 알리는 한 편지에서, 자신에게 매우 중요했는데도 더 추구하지 못했던 관심사들 중 하나가 "시론이 의미 있는 인문학의 한 분야, 정상적이고 꼭 필요한 학문 분야로 되는 것이 가능한지를 탐색하는 일"(L 853)이었다고 술회하였는데, 이는 "있는 대로의 현실"을 규명하려는 그의 시도들이 시적 차원을 넘어, 삶의 철학적, 종교적 바탕에 대한 탐구와 더불어 이루어지고 있었음을 말해준다.

이렇게 볼 때, 말년의 시들은 스티븐스의 시적 생애 전체를 관통하는 현실에 대한 관심의 결정체라 말할 수 있다. 그것은 사람의 마음과 주어진 세계에 관하여 전체적으로 생각한다는 점에서 앞선 시기의 시들보다 근원적이고 철학적이지만, 동시에 있는 그대로의 평범한 현실, 각자가 살아가는 장소(place), 구체적 사물들이 매 순간 지니는 다양한 의미 가능성에 대해 생각한다는 점에서, 매우 실용적이고, 현실적인 면을 아우르고 있기에, "세상 너머의 길이 아닌, 세상을 통과하는 길"(CP 446)을 지남으로써 "지상의 위대한 시"(the great poem of the earth, NA 142)[5]를 쓰려 했던 그의 열망이 실현되고 있다는 느낌을 준다. 하나의 믿음이 더 이상 존재하지 않게 된 세계에서, 검정 새를 바라보는 열세 가지 방법이라는 다소 불길한 연상을 불러일으켰던 스티븐스 초기의 시각은 그의 말년에 이르러, 열셋이라는 불길함의 숫자를 넘어, 고양된 종교적 텍

---

5) 스티븐스는 이 글에서, "천국과 지옥에 관한 위대한 시들은 이미 쓰였지만, 지상에 대한 위대한 시는 아직 쓰여야 한다"고 관찰하였다.

스트 없이도 사람의 마음과 맞물려 한없이 열린 세계와 사물들의 가능성 속으로 확산되어가는 탐조등의 조망 속으로 확대되었던 것으로 보인다.

　　말년의 스티븐스가 "표면"의 보통 현실을 조명하는 데(Poetry is an illumination of a surface. NA viii) 관심을 지녔다는 사실은 그의 후기 작품들의 두 가지 특성을 말해 준다. 하나는 현실의 표면에 직접 관여하는 우리의 감각과 생각 등, 비현실 요소들의 작용 과정을 자세히 관찰하는 것이며, 다른 하나는 이러한 현실 인식의 과정과, 이 과정이 지어내는 다양한 현실들이 삶에 지니는 총체적 의미에 대하여 반성적으로 생각하는 것이다. 전자는 그로 하여금 사물들과 감각의 세계에 집중하게 한 반면, 후자는 마음의 힘이나 명상을 통하여 조명되고 형상화된 다양한 현실들이 내포하는 정신적, 종교적 의미에 대해 탐색하게 하였다고 할 수 있다. 스티븐스 후기 작품의 이 두 가지 특성은 시론의 정립이라는 그의 지대한 관심 속에 하나로 합쳐지는 것이었다. 우선 스티븐스의 후기시들 중, 보통 현실의 끊임없는 변화와, 이를 인식하고 변용하는 비현실을 드러내 보이는 시들을 살피고, 다음으로는 비현실의 개입을 통한 사물들과 현실의 형성 과정을 보다 면밀히 관찰하고 있는 시와 글을 다룬 뒤, 이러한 다양한 모습의 현실을 통해 노년의 스티븐스가 투사하였던 궁극적 현실이란 무엇이었는지를 가늠해 보고자 한다.

신비한 신학: 지금 있음에서 존재로

1장

현실의 유동과 상상력에 의한 변동들
Flow of Reality and Fluctuations by the Imagination

It is not in the premise that reality
Is solid. It may be a shade that traverses
A dust, a force that traverses a shade.

현실이 굳어 있다는 것은 가정에 없다.
그것은 먼지 사이 비껴 드는 그림자,
그림자를 타고 넘는 하나의 힘일지도 모른다. (CP 489)

1947년 이후, 스티븐스의 시들은 현실의 변화를 주로 다루고 있다. 이러한 변화는 계절과 날씨 같은 물리적 변화로부터, 시간의 흐름에 따른 세대의 변화, 이주 등에 따른 공간적 변화, 그리고 이와 더불어 움직이는 우리의 감각과 생각의 변화를 포함한다. "가을의 오로라들"(The Auroras of Autumn, 1948)과 "바위"(The Rock, 1950)를 비롯, 대부분의 후기시들은 여름에서 가을을 거쳐 겨울의 "가난함"(poverty, CP 427), "텅 빈 차가움"(blank cold, CP 502), "굳은 공허함"(rigid emptiness, CP

525)에로의 변화를 인식하는 데서 출발하고 있다. "가을의 오로라들"은 늦가을, 북극 하늘에 펼쳐져 지상의 "모든 틀 위에 타오르는"(CP 417) 오로라의 변모에, "바위"는 바위를 덮고 있었던 나뭇잎들이 시들어버리듯, 삶의 수많은 순간들이 환영(illusion)처럼 사라짐에 주목한다.

　　많은 비평가들이 스티븐스 후기시에 들어 있는 추위, 겨울, 쇠락, 가난의 이미지들에 주목하고, 이들을 스티븐스의 노년, 혹은 종말이나 죽음의 예견 등과 연결시킨다. 이러한 쇠퇴와 추위, 하강의 정조는 70이 넘었던 그의 나이를 생각할 때 일면 당연한 것으로 보이지만, 보다 중요한 것은 그가 이러한 변화를 개인의 자전적 경험의 차원을 넘어, 삶의 "보통 현실", 즉 정상적인 모습으로 상정하고 있다는 사실이다. "가을의 오로라들"에서 끊임없이 변화하는 현실은, 북극 하늘에 변화무쌍하게 펼쳐지는 오로라의 변모에, 끊임없이 허물을 벗고 새로운 외피를 구해 변모해 가는 우주 속 뱀의 모습에, 더 나아가서는 "마치 계절이 끝없이 색깔을 변화시켜 가듯이, 변하고 또 변해가는 구름들 위에 떠 있는 극장"(CP 416)에 비유되고 있다.

> It is a theatre floating through the clouds,
> Itself a cloud, although of misted rock
> And mountains running like water, wave on wave,
>
> Through waves of light. It is of cloud transformed
> To cloud transformed again, idly, the way
> A season changes color to no end,

신비한 신학: 지금 있음에서 존재로

Except the lavishing of itself in change,
As light changes yellow into gold and gold
To its opal elements and fire's delight,

Splashed wide-wise because it likes magnificence
And the solemn pleasures of magnificent space.
The cloud drifts idly through half thought of forms.

그것은 구름들 사이 떠 있는 극장,
그 자체가 구름. 운무 서린 바위와 산으로 되었어도
파동에서 파동으로 이어지는 광파를 타고

물처럼 흐른다. 그것은 구름으로 변하고
또다시 유유히 변모해 가는 구름으로 되어 있다.
마치 계절이 끝도 없이 색깔을 변화시켜

오로지 변화로 자신을 호사롭게 하고
노랑에서 금빛으로, 금빛에서
그 오팔 원소들과 불의 기쁨으로 변하며.

웅장한 공간의 장엄함과 엄숙한 기쁨을
좋아하여 널리 널리 펼쳐지듯이.
구름은 알 듯 말 듯한 형상들 속을 무심히 떠간다. (CP 416)

위의 시에서 늦가을 화려한 색채의 변화 아래 들어있는 것은 산과 바위가 빛 속에서 끊임없이 흘러 변화하며, 끝없이 변모해 가는 구름과 같다는 현실 인식이다. 현실의 유동에 대한 이러한 인식은, 한편으로는 노년에 이른 스티븐스 개인의 느낌이기도 했겠지만, 크게 보아 20세기, 특히 2차 세계대전을 전후한 시기, 가치와 믿음의 전이에 따른 사고의 다원화, 정신적 유랑과도 무관하지 않은 것으로 보인다. 스티븐스는 1947년 쓴 몇몇 시들에서 당대를, 여름이 끝나고 아름다운 여성이 떠나 버린 빈 집에 비유하기도 하고(CP 427-28), 하나의 안정된 질서를 허락지 않는 "나쁜 시기"(In a Bad Time)이며, "가난함이 마음의 단단한 핵을 이루고 있다"(His poverty becomes his heart's strong core)고 진단하고, 비극의 여신 "멜포미니"(Melpomene)에게 비참한 현실로부터 "보다 고양된 시구들"을 말해보라고 주문하였다(CP 427). "가을의 오로라들"은 "북쪽이 항상 확장해 가는 변화"에 주목하는데, 이것은 늦가을 북쪽 하늘을 뒤덮고 펼쳐지는 오로라이면서, 삶의 "비극적이고 황량한 배후"(the tragic and desolate background, L 852)를 암시한다고 스티븐스는 설명하였다. 삶의 비극성과 황량함은 무엇보다도 삶 근원에 자리하고 있는 유동성, 이유를 알 수 없는 무상함, 알 수 없는 세계를 펼쳐 보이는 노화나 죽음, 이전의 의미와 가치들을 허무는 세대와 시대의 변화 등에 기인하고 있음을 부정할 수 없을 것이다.

> The season changes. A cold wind chills the beach.
> The long lines of it grow longer, emptier,
>
> . . .
>
> The man who is walking turns blankly on the sand.

He observes how the north is always enlarging the change,

With its frigid brilliances, its blue-red sweeps
And gusts of great enkindlings, its polar green,
The color of ice and fire and solitude.

계절이 변한다. 찬 바람이 바닷가를 식힌다.
긴 해안선들이 더 길어지고 더 비어 간다.
                    . . .
모래 위를 걷던 사람은 무심코 돌아선다.
그는 북쪽이 어떻게 쉼 없이 변화를 확대하는지 지켜본다.

차디 찬 광휘들, 그 푸르고 붉은 휩쓸음들,
거대한 등화들의 폭풍들과 북극의 초록빛,
얼음과 불과 고독의 빛깔로. (CP 412)

그러나 노년의 스티븐스가 현실에서의 변화에 주목하였다 하더라
도, 그것은 쇠락의 변화가 주는 무상감, 종말에 대한 예감, 혹은 변화에
맞서 새로운 질서를 추구하기 위해서가 아니라, 변화 그 자체를 삶의 비
극적, 근원적 배경으로 받아들이고, 끝없는 변화의 전개 속에서 지금 이
순간 눈앞에 전개되는 감각 현실은 무엇이며 이들이 지니는 궁극의 의미
는 무엇인지를 규명해 보려는 시도로 이어졌던 것으로 보인다. 위에 인
용한 부분에서도 바닷가 모래 위를 걷는 사람은 북쪽 하늘에 펼쳐지는
오로라의 변화를 "차디 찬 광휘들, 푸르고 붉은 휩쓸음", "거대한 등화들

의 폭풍들", "북극의 초록빛", "얼음과 불과 고독의 빛깔" 등 감각적인 언어를 통해 차가움, 강렬함, 빛나는 광채, 또 고독 같은 삶의 바탕에 들어 있는 본연의 요소들을 환기하고 있다. 늦가을 북반구 하늘에 펼쳐지는 오로라의 신비롭고 낯선 빛들은 일상 현실의 규모를 뛰어넘는 우주의 물리적 현상들이지만, 이를 경험하여 인식하는 감각과 마음의 작용 없이는 형상화될 수도, 끝없이 변화해 가는 현실의 바탕을 비추는 그 어떤 의미도 지닐 수 없는 것이었다.

현실의 유동에 대한 인식은 후기의 많은 시들에서 찾아볼 수 있다. 시간의 흐름에 따른 계절이나 날씨의 변화에 대한 관찰도 빈번하지만, 대륙 간 이주와 같은 공간상의 변화도 다루고 있다. 삶 자체가 오로라나 강물처럼 흐르고 있다는 인식도 여러 시에 들어 있다. "깊이 잠든 노인"(An Old Man Asleep)에 서려 있는 두 가지 세계 중, "R강의 졸린 움직임"(the drowsy motion of the river R, CP 501)은 아마도 간단없이 흐르는 절대적 시간의 흐름을 상징하는 것으로 볼 수 있으며, 깊은 산속, 스와터러(Swatara)[6] 강물의 "움직여 가는 검은 존재"(a swarthy presence moving, CP 429)는 자연에 내재한 죽음과 같은 어두운 힘을, 또 한 지역 삶 전체가 하나의 전설을 이루어 죽음의 강에 대비되는 "이승의 강"을 이룬다는 관찰 등은 구체적 장소에서 면면히 영위되고 있는 삶의 유동을 형상화한 예들이라 여겨진다.

끊임없이 움직여 가는 현실에 대한 인식으로 대부분의 스티븐스 후기시들은 정적인 한 순간을 묘사한 정물화가 아니라, 역동적인 움직임 속에 전개되고 사라지는 여러 순간들을 중첩시켜 제시하는 입체파나 미

---

6) 스티븐스의 고향 펜실베이니아 레딩에 흐르는 강물 이름

신비한 신학: 지금 있음에서 존재로

래파의 그림에 닮아 있다는 인상을 준다. 이러한 인상은 아마도 현실에서의 변화를 따라가는 사람 마음과 생각의 흐름, 또 이러한 마음의 움직임들이 삶에 지니는 의미에 노년의 스티븐스의 관심이 모아지고 있기 때문일 것이다. 늦가을 저녁 뉴 헤이븐 거리의 산책과 명상에서 얻은 서른한 편의 단상들로 구성된 "뉴 헤이븐의 어느 평범한 저녁"은 논리적인 전개를 보이고 있진 않지만, "천국"(heaven)이 아닌, 지상의 "새로운 안식처"[뉴 헤이븐(New Haven)의 본래의 의미는 그러할 것이다]에서의 평범한 일상이 어떻게 보다 넓고 깊은 현실 인식으로 이어질 수 있는지, 그 가능성을 지속적으로 생각하고 있는 시라 할 수 있다. 이 시의 첫 부분이 보이는 것은 시각을 통해 경험되고 인식된 현실의 의미는 한순간으로 고착되는 것이 아니라, "그리고 또, 다시, 또다시"(and yet, and yet, and yet-, CP 465)라는 연속적인 재정의 속에 있다는 사실이다. 주변세계에 대한 끊임없는 반추가 필요한 것은 특정 시공에서의 경험과 생각이 늘 변화할 뿐 아니라, 그러한 경험의 바탕에 늘 비현실의 오류가 개입되기 때문이었다. 그리하여 노년의 스티븐스는 하나로 고정된 단단한 실체를 지닌 현실이 아니라, 끊임없는 변화들, 혹은 그러한 수많은 다양함을 낳는 역동적인 힘으로서의 현실을 감지하는데, 이 힘이란 순간마다 변화하는 물리적 자연세계 자체의 힘, 또 이에 다양하게 반응하여 의미를 읽어내는 사람의 감각과 마음, 상상력의 힘에 닿아 있는 것이다.

It is not in the premise that reality

Is solid. It may be a shade that traverses

A dust, a force that traverses a shade.

현실이 굳어 있다는 것은 가정에 없다.
그것은 먼지 사이 비껴 드는 그림자,
그림자를 타고 넘는 하나의 힘일지도 모른다. (CP 489)

　　"가을의 오로라들"에서 시인이 관찰하고 있는 것은, 무상이나 허무의 황량한 배경이 아니라, 그 배경 속에서 사람의 상상력이 새로운 "순연의 시간"(a time of innocence)에 직면하게 되며, 이로부터 "어머니의 자장가"가 들리는 새로운 "시공"을 만들어 간다는 사실이다(CP 418-19). 스티븐스는 후기시와 산문들에서 시간과 공간의 변화가 만드는 물리적 변화 외에, 이러한 변화를 인식하여 현실을 해체, 또 재구성함으로써 변화하는 현실에 새로운 변용을 가하는 "비현실"의 요소에 주목하였다. "현실은 항상 비현실에 잠식되고 있다"(The real is constantly being engulfed in the unreal. NA viii)는 관찰이 그 핵심인데, 비현실이란 사람의 마음, 느낌, 감각 등 현실 인식에 관여하는 모든 인위적인 요소들을 지칭하는 것으로, 스티븐스가 "상상력" 혹은 "추상화"라 이름 지은 시적, 정신적 과정을 의미하였다.

　　스티븐스는 현실의 인지, 형성에 관여하고 있는 비현실적 요소를 "형이상으로서의 상상력"(the imagination as metaphysics, NA 140)이라는 말로 요약한다. 그는 현실의 배후 곳곳에 스며들어 현실을 짓고 있는 "추상화"(abstraction, NA 139) 작용에 상상력의 중요한 가치가 있음을 역설하였다. 그는 "상상력을 형이상으로 간주하는 것은 그것을 삶의 일부로 생각하는 것이고, 그것을 삶의 일부로 생각한다는 것은 인위성의 정도를 깨닫는 것이다. 우리는 마음으로 살고 있다"(NA 140)라고 관찰하

신비한 신학: 지금 있음에서 존재로

였다. 현실의 변화란 일차적으로는 물리적 변화를 의미하였지만, 그가 보다 주의를 기울였던 것은 사람의 마음과 감각이 변화하는 현실의 표면을 따라 움직이면서 현실을 읽어 내고 변모시킴으로써 변화를 인지하게 된다는 사실이었다. "사물들에 대한 평이한 느낌"(The Plain Sense of Things)은 변화 속 사물들에 대한 가장 평이한 인식에 작용하고 있는 "상상력"의 존재를 감지하고 있다.

After the leaves have fallen, we return
To a plain sense of things. It is as if
We had come to an end of the imagination,
Inanimate in an inert savoir.

It is difficult even to choose the adjective
For this blank cold, this sadness without cause.
The great structure has become a minor house.
No turban walks across the lessened floors.

The greenhouse never so badly needed paint.
The chimney is fifty years old and slants to one side.
A fantastic effort has failed, a repetition
In a repetitiousness of men and flies.

Yet the absence of the imagination had
Itself to be imagined. The great pond,

현실의 유동과 상상력에 의한 변동들

The plain sense of it, without reflections, leaves,
Mud, water like dirty glass, expressing silence

Of a sort, silence of a rat come out to see,
The great pond and its waste of the lilies, all this
Had to be imagined as an inevitable knowledge,
Required, as necessity requires.

잎새들이 진 다음, 우리는 돌아간다.
사물들 그대로의 느낌에게로. 마치
우리가 상상력의 끝에 도달하여
맥없는 지성으로 둔감해진 듯이.

이 텅 빈 추위와 까닭 모를 슬픔을
형용하기조차 힘들다.
거대한 구조물이 왜소한 집이 되고
그 어떤 터번 두른 이도 느슨해진 마루 위를 걷지 않는다.

온실은 여느 때보다 칠이 벗겨지고
오십 년 묵은 굴뚝은 한쪽으로 기울었다.
찬란했던 노력이 실패로 돌아갔다. 사람들과
날파리의 쳇바퀴 속에 되풀이되는 반복.

하지만 상상의 부재
그 자체도 상상되어야만 했다. 거대한 연못,

그에 대한 그대로의 느낌, 물 비침도 없고,
낙엽들, 진흙, 더러운 유리 같아진 물,

고요가 서려 쥐 한 마리 나와 엿보는 듯한 정적,
큰 연못과 시들은 연꽃들, 이 모든 것이
피할 수 없는 앎으로 상상되어야 했다.
필연이 요구하는 정해진 앎으로. (CP 502–03)

늦가을, 권위 있던 사람(터번이 상징하는 것)이나, 훌륭했던 건물, 우리의 인식들이 변화 앞에서 사그라들고, 연못도 시든 연꽃들로 "지저분한 거울"처럼 되어 버려, 사물에 대한 있는 그대로의 평이한 느낌으로 되돌아가더라도, 그러한 현실 자체가 그러하다고 인식되려면 우리의 인식 작용이 반드시 개입되어야 한다는 점을 말하고 있는 이 시는, 사물 그대로의 느낌, 쇠락에 대한 무상한 느낌조차 사람의 상상력, 정신 작용이 작용하고 있음을 드러내고 있다 할 수 있다. 노년의 스티븐스가 후기 작품에서 주목했던 것은 현실에 대한 "그대로의 느낌"(plain sense)을 가능케 하는 보이지 않는 마음의 작용, 비현실의 존재였다.

1947년 발표된 "궁극의 시는 추상적이다"(The Ultimate Poem is Abstract)는 "오늘날 무엇으로 괴로운가?"(This day writhes with what?)라는 질문이 이미 보이지 않게 세계에 대한 생각의 범주를 정하고 있음을 말하고 있다. 시대가 무엇으로 괴롭냐는 질문은 이미 "아름다운 우리 세계, 평온하고(placid) 푸르른(blue)" 세계가 아닌, 괴로운 세계를 상정하고 있으며, 또 이 안에서 매끄럽게 움직이는 지성이 아니라, "에두른

우회, 이리저리 피함 / 잘못된 비낌과 빗나감으로 괴로워하는 / 지성"(It is an intellect / Of windings round and dodges to and fro / Writhings in wrong obliques and distances, CP 429-30)의 존재에 주목하고 있기 때문이다. 세상이 악하다든지, 삶이 괴롭다는 견해의 근본 바탕에 상상력이 상정한 "보이지 않는"(abstract) "궁극의 시"(the ultimate poem)가 서려 있다는 이러한 인식은 마음과 생각의 과정을 조명하는 스티븐스의 많은 후기시의 전제를 이루고 있다.

　"우리가 보는 것은 우리가 생각한 것"(What We See Is What We Think)은 우리의 지각 작용이 이미 통상된 생각의 틀 안에서 이루어지고 있음을 하루의 시간 흐름을 통하여 일깨우는 시라고 할 수 있다. 태양이 남중하는 정오까지는 증가하는 빛 에너지로 인하여, 그림자나 생각의 다양한 음영이 들어설 여지는 별 반 없다. 조도가 최고에 달하여 에너지가 충만한 정오까지는 두말할 필요 없이, "나무는 초록빛, 하늘은 푸른빛"이라는 규범적 인식이 통용되는 시간이다. 그러나 정오에서 단 1초만 지나도, 빛의 각도는 변화하여 "회색", "자줏빛 회색", "초록 섞인 자줏빛" 그림자가 끼어들기 시작하고, 프리즘을 통과한 빛이 다양한 색깔들로 분산되는 것처럼, "보통 때"(normal time)의 통상적인 인식 배후에 숨어있어 보이지 않던 다양한 인지와 생각들이 드러나게 된다는 것이다. 정오에 시작되는 "오후의 해체" 과정을 통해, 정상적으로 통용되던 시각과 앎이, 사실은 시시각각 변화하는 빛에 의존하는 우리의 불완전한 감각과 인식에 기초한 "환상 같은 것"(phantomerei)이라는 점이 우리 눈앞에 환하게 펼쳐지는 것이다. 이 시가 그리고 있는 오후의 해체, 혹은 분산의 과정은, 백인 남성 기독교 중심의 세계관이 제공하였던 통념이 깨져, 2차 대전 이후 가속화되던 가치의 다양화 과정을, 더 나아가 고대 이집트 피라미드 문명 이후, 시대 변천에서 드러나는 문화의 영고성쇠 과정과, 가치의 상대성과 허구성을 집약해서 보여주는 것으로 확대시켜 볼 수 있겠다. 노년의 스티븐스가 마주한 세계는 하나의 생각이 붕괴되면서 그 구조를 드러내고, 이에 대한 "또 다른 생각"들이 등장하여, 마치 프리즘에 입사한 단일한 빛이 스펙트럼의 다양한 색깔들로 분사되어 다양한 의미와 시도들로 복잡화되기 시작하던 "오후의" 세계였다.

> At twelve, the disintegration of afternoon
> Began, the return of phantomerei, if not
> To phantoms. Till then it had been the other way:
>
> One imagined the violet trees but the trees stood green,
> At twelve, as green as ever they would be.
> The sky was blue beyond the vaultiest phrase.
>
> Twelve meant as much as: the end of normal time,
> Straight up, an elan without harrowing,
> The imprescriptible zenith, free of harangue,
>
> Twelve and the first gray second after, a kind
> Of violet gray, a green violet, a thread
> To weave a shadow's leg or sleeve, a scrawl

On the pedestal, an ambitious page dog-eared
At the upper right, a pyramid with one side,
Like a spectral cut in its perception, a tilt,

And its tawny caricature and tawny life,
Another thought, the paramount ado···
Since what we think is never what we see.

12시에 오후의 해체가 시작되었다.
유령들까지는 아니더라도, 환상으로의 귀환.
12시 전까지는 그 반대였다:

보랏빛 나무들을 상상했지만 12시,
나무들은 초록, 더할 수 없는 초록빛으로 섰다.
하늘은 그 어떤 궁륭의 말로 다할 수 없이 푸르렀다.

열둘은(정오) 최대한을 의미했다. 정상적
시간의 끝, 꼿꼿이 선, 구애받지 않는 기백,
여러 말이 필요 없는 절대적인 정점의 끝,

12시 첫 회색의 1초가 지나면, 일종의
보라 섞인 회색, 초록 섞인 보랏빛
유령의 바지나 소매를 짜 넣을 실 한 가닥,

좌대에 어떤 낙서, 오른쪽 위 귀퉁이가

닳아빠진 야심 찬 한 페이지, 이해로 그어진 스펙트럼 경계선인 양,
한 면을 지닌 피라미드, 어떤 기울기와

그에서 비롯된 빛바랜 캐리커처와 누런 삶,
또 다른 생각, 모든 것을 뒤덮는 소동….
생각한 것이 눈에 보인 적이 없기에. (CP 459-60)

　　노년의 스티븐스에게 이전의 시기, 특히 20세기 모더니즘 이전의
세계는 "생각하는 것이 눈에 드러난 적이 없었던" 정오 무렵까지의 시기
였다고 할 수 있다. 앞선 시대에 서양의 현실은 비교적 단일하게 통용되
는 의미 속에 있었다. 2차 대전 이후의 세계가 점차 그 이전의 단일함에
서 벗어나게 되었다는 점을 생각할 때, 스티븐스 후기 작품들이 변화하
는 일상 현실의 바탕에서 움직이고 있는 인식과 마음의 형성 과정에 주
목하고 있는 것은 기이한 일이 아닐 듯싶다. 그는 우리의 현실이 시간과
공간의 변화와 더불어 이를 감지하는 주체의 인식이나 감각 작용이라는
비현실의 개입으로 인하여 끊임없는 변동 가능성과 다양함 속에 있다는
사실을 첨예하게 인식하였다.
　　스티븐스 후기시의 몇몇은, 이주, 특히 유럽에서 미국으로의 이주
같은 공간의 변화가 있을 때 작용하는 비현실의 모습을 살피고 있다.
"어떤 이야기의 페이지"(Page from a Tale)는 벨레인(Balayne)[7]이라는
배를 타고 북쪽 얼어붙은 바닷가에 표류한 독일인 한스(Hans)와 그 선원

---

7) 엘리노어 쿡(Eleanor Cook)은 이 배의 이름이 "고래"를 뜻하는 불어 baleine에서 파생
된 것일 수 있으며, 1947년 북해에 좌초되었던 Baelana호에서 온 것일 수 있다는 가능
성을 제기한다(243).

들의 정착 이야기를 다룬 시이다. 이는 아마도 추운 겨울, 미국으로 이주했던 스티븐스 자신의 독일인 선조 이야기일 수도 있을 것이다. 이 정착 과정에서 중요한 역할을 하는 것은 한스 마음속 과거 유럽 문화의 기억들과, 낯선 바다, 바람에 대한 감각, 그리고 마음속 생각들의 복합적 움직임들이다. 모든 것이 얼어붙은 추운 겨울밤, 바닷가에 표류하여 모닥불을 피우고, 낯설고 거친 파도소리에 귀를 기울이는 한스 마음속에 후렴구처럼 맴도는 것은 예이츠의 "이니스프리 호수 섬"의 구절들, 또 하이네의 "하늘은 푸르고 바람은 부드러웠지"하는 "서정 간주곡"(Lyrisches Intermezzo, XXXI)의 단어들이다(Cook 243 재인용). 시의 뒷부분은 새로운 땅에서 경험하게 되는 낯선 태양과 추위와 어두움 등, 새로운 현실 앞에서 이러한 과거 기억들은 깨지고, "사나운 바다의 변덕, 바람의 어휘들, 유리와 같이 반짝이는 마음속 분자들"(The miff-maff-muff of water, the vocables / Of the wind, the glassily-sparkling particles / Of the mind, CP 423) 속에서 많은 것이 새로이 규정되어야 함을 말하고 있다.

새로운 현실 인식은 과거의 기억과 새로운 현실에 대한 감각적 경험, 또 이에 대한 복잡한 마음의 반응들이 이루는 비현실, 곧 상상력의 작용과 더불어 이루어지는 것이다. "뉴 헤이븐의 평범한 저녁"의 끝 부분에 등장하는 "레몬나무 나라"에 간 "느릅나무 나라" 사람들은 레몬 나라의 전혀 다른 기후나 언어를 과거 느릅나무 나라의 연장선 속에서 이해한다. 그들은 "우리는 다시 느릅나무 나라에 온 것이다. / 단지 접혀한 바퀴 돌았을 뿐"(We are back once more in the land of the elm trees / But folded over, turned round)이라 하고, 자신들의 "어두운 색조의 단어들"(dark-colored words)로 금빛 레몬들을 "다시 묘사"한다. 새로운

"형용사들"은 사물의 성격을 바꾸고, 레몬 나라 사람들, 또 일정하던 모든 것을 바꾸어 놓게 된다(CP 487). 이 짤막한 예화는 현실의 변화와 인식이 과거 기억과 언어의 연장을 통하여 이루어지며, 상상력의 변용 작용을 통한 문화의 전이, 재창조 과정이 삶의 현실을 이루어냄을 보여주고 있다. 이 예화에 앞서 등장하는 "시의 이론은 삶의 이론"(the theory / Of poetry is the theory of life. CP 486)이란 구절은, 우리의 삶이 현실과 비현실이 하나로 합쳐진 시(poetry)로 이루어져 변화해 가기에, 이 둘의 관계를 생각하는 것은 심미적 차원을 넘어 실제 삶의 바탕을 이루어내는 중요한 문제라는 사실을 일깨운 것이다.

이주민들의 정착 과정에서 과거 문화가 제공했던 이미지들이 영향을 미치는 예는 "이마고"(Imago) 같은 시에서도 나타난다. 미국 대륙의 많은 지명들이 옛 유럽의 지명을 새로이 사용하고 있는 데에서도 나타나듯, 새로운 현실은 과거의 기억을 토대로 이해되고, 또 변형되어 간다는 것인데, 이 문화의 전이 과정에서 과거 문화가 제공했던 이미지들은 마음속에 새겨진 하나의 원형(imago) 같은 역할을 하고 있다는 것이다. "투구장이 딸이었던 그녀"(Celle Qui Fut Heaulmiette)는 로댕의 조각, "투구 제작자의 아리따운 아내였던 여인"(Celle Qui fut la Belle Heaulmière, She Who Was The Helmet Maker's Once-Beautiful Wife, The Old Courtesan)에서 따온 제목으로, 미국의 일상 현실(American vulgarity, CP 438) 속에서 새 봄을 경험하는 젊은 처녀의 새로운 감각을, 조각에 있는 늙은 여인에 대비시키고 있다. 이 처녀는 로댕의 조각에 있는 "희미하게 잘린 팔을 지닌 어머니와 / 자신의 대장간 화로 앞에서 늙은 아버지의 / 아이"(child / Of a mother with vague severed arms /

And of a father bearded in his fire)이지만, "본토(미국)의 방패 속으로 미끄러져 들어감"(Into that native shield she slid)을 말하고 있는데, 이는 미국적 현실에 대한 새로운 이해가 유럽 문화와의 대비 속에서 세대 교체의 형태로 이루어지고 있음을 보여 준다고 할 수 있다.

"우리의 별들은 아일랜드로부터 온다"(Our Stars Come from Ireland)는 미국으로 이주해 온 어린 맥그리비(McGreevy)가, 자신이 사는 펜실베이니아의 스와터러(Swatara)강과 스쿠클(Schuylkill)강 위에 뜨는 별들이, 먼 동쪽 고향 아일랜드로부터 온 것임을 생각하며, 자신의 아버지가 계시는 아일랜드의 케리(Kerry)와 멀베이(Mal Bay), 그리고 아버지의 목소리를 그려 보고 있는 모습을 담고 있다. 스티븐스는 1948년부터 아일랜드 시인 토머스 맥그리비(Thomas McGreevy)와 서신을 주고받기 시작했는데, 그가 보내 준 아일랜드의 신문 내용들은 스티븐스에게 "다른 장소뿐 아니라 다른 시대의 숨결"(L 652)을 느끼게 하는 것이었다. 새로운 땅, 펜실베이니아에서 옛 고향 아일랜드 바닷가 언덕에 부는 바람을 생각하는 어린 맥그리비는, 시인 맥그리비의 시를 통하여 아일랜드를 경험하고 상상하는 스티븐스 자신의 투영일 것이다. 스티븐스에게 있어, "언덕 위의 도시"의 이상을 실현하려 미국 땅을 밟았던 청교도들이나, 펜실베이니아에서 아일랜드 해안 절벽에 부는 바람소리와 아버지의 목소리를 그리고 있는 맥그리비나, 그를 통해 아일랜드와 이주민들 마음을 이해하는 자신이나, 모두 마음속 "비현실" 존재와 더불어 현실을 이해하고 살아간다는 사실을 일깨워 주는 예들이었다. 이 시의 두 번째 부분은 별들의 움직임과 아일랜드인의 미국으로의 이주, 또 이들 경험을 통한 생각과 사고 체계의 변화, 이 모든 것들이 "서쪽을 향해 움직여 가는

신비한 신학: 지금 있음에서 존재로

변화" 속에 있지만, 마치 지금 이 순간은 마지막 종착지의 귀결인 듯, "동쪽"이며 "아침"을 이룬 듯 느낀다는 점을 말하고 있다. 어린 맥그리비에게 지금 미국 하늘에서 보이는 잿빛 별들은, 동쪽 고향 아일랜드와 아일랜드 옛 이주민들의 "초록 별"들, 그들의 꿈과 열정이 타오르고 남은 잿가루같이 느껴지지만, 동시에 그는 선조들의 서쪽을 향한 이주를 통하여 삶의 방식과 마음의 습관이 통째로 바뀌고 새로운 동쪽의 역사가 시작되었음을 인식한다. 이러한 변화 탄생의 한 순간도 시간의 흐름 속, 서향의 변화 속에 있다는 사실을 잠시 잊고 말이다.

> These are the ashes of fiery weather,
> Of nights full of the green stars from Ireland,
> Wet out of the sea, and luminously wet,
> Like beautiful and abandoned refugees.
>
> The whole habit of the mind is changed by them,
> These Gaeled and fitful-fangled darknesses
> Made suddenly luminous, themselves a change,
> An east in their compelling westwardness,
>
> Themselves an issue as at an end, as if
> There was an end at which in a final change,
> When the whole habit of the mind was changed,
> The ocean breathed out morning in one breath.

현실의 유동과 상상력에 의한 변동들

이들은 불타오르던 날씨의 잿가루들.
아일랜드로부터 온 초록별들로 가득했던 밤들의 소산.
마치 아름답고 버려진 난민들같이
젖은 채 바다에서 솟아, 빛나며 젖었던 별들.

마음의 습관 전체가 그들로 인해 바뀐다.
게일 풍의 성마르게 지어졌던 어둠들이
갑자기 빛을 발하고 그들 자신이 변화하여,
어쩔 수 없이 서쪽을 향하는 동쪽을 이룬다.

그들 자신이 궁극에서인 양 태어난 자손, 마치
하나의 끝이 있어, 그곳에서 최종의 변화 속에
마음의 습관 전체가 바뀌고,
바다가 한 숨에 아침을 토해내는 것처럼. (CP 455–56)

결국 스티븐스가 말년에 마주했던 끝없이 변화해 가는 현실은 그에 대한 인식에 서려 있는 비현실의 존재와 함께 움직여 유동해 가는 것이었다. 현실의 변화는 현실과 비현실의 균형 사이에 성립하였던 과거 많은 삶의 자취와 의미들을 송두리째 파괴시키는 것이기도 했지만, 바뀐 현실에 대해 "마음의 습관 전체"를 "접어 회전시켜" "다시 묘사"하게 함으로써 새로운 동쪽 아침을 돋게도 하는 것이었다. 1947년, 절친했던 친구 헨리 처치(Henry Church)의 장례 후, 스티븐스가 쓴 "석관에 새겨진 부엉이"(The Owl in the Sarcophagus)는 죽음의 단절에 대하여도, 기존 종교들의 위안이 아닌 새로운 지혜를 모색하고 있다. 우리의 마음은 친

한 이의 죽음 앞에서 위안을 "필요로" 하기에, "높은 잠"(high sleep), "높은 평화"(high peace), 그리고 "작별을 고하는 한 여성" 같은 "마음의 지금 있음들"(the beings of the mind)[8]로 이루어진 "현대의 죽음 신화"(the mythology of modern death)를 만들어 내어, 이 마음속 형체들과 더불어 평정을 찾고 "살고 죽는다"라는 사실을 말하고 있다.

이렇게 볼 때, 1947년 이후 스티븐스가 주목하였던 것은, 일상 현실의 변화와 그에 대해 마음이 이루어 내는 높고 낮은 변용들(fluctuations, NA viii)이었다고 할 수 있다. 그것은 레몬 나라로 간 느릅나무 나라 사람들처럼, 변화하는 현실 앞에서 낡은 현실을 이루던 옛 개념들을 버리고 가장 낮게 접근하여 "다시 묘사"함으로써, 현실의 표면에 잠시나마 새로운 의미가 서리게끔 하는 작용을 의미했다. 그는 1951년 발간된 산문집 『필요한 천사』의 서문에서 "신비주의 아닌 말들로 현실의 변용을 이루어 낼 수 있는 힘은, 현실을 고양시키려는 욕구와는 별개의 힘"(A force capable of bringing about fluctuations in reality in words free from mysticism is a force independent of one's desire to elevate it. NA viii)이라 하여, 자신이 시에서 추구하였던 것은 현실에 대한 신비스러운 "초절"이 아니라, 현실의 표면에 살아 움직이며, 그로부터 다양한 의미와 변용을 읽어내는 마음의 힘을 드러내는 일이었음을 밝혔다.

삶의 거의 모든 것이 붕괴되고 새로이 생겨나던 2차 대전 이후의 세계에서, 매 순간이 변화이며 허구일 수 있는 보통의 현실을 절감하면서, 그러나 그 변화를 늘 새로이 따라잡으려는 우리의 "마음의 힘"에 주

---

8) "being"은 현재 있다는 의미를 강조하여 "지금 있음"으로 번역하였다. 이에 대한 논의는 이 책 3장에서 보다 자세히 살피기로 한다. 이 책 p. 74 각주 10 참조.

현실의 유동과 상상력에 의한 변동들

목한 노년의 스티븐스는 몇몇 후기시와 글들에서 현실의 표면을 따라 움직이는 감각과 마음의 원리와 경로를 면밀히 관찰하고 이 경로가 새로이 만들어 내는 다원적 현실을 드러내려 노력하고 있다.

2장
"다면 프리즘의 현실"

A More Prismatic Reality of Multiple Facets (L 601)

A visibility of thought, in which hundreds of eyes,
in one mind, see at once.

생각의 드러남(시야), 그 안에서 한 마음 안,
수백 개의 눈들이 일시에 본다. (CP 488)

    우리의 보통 현실이 끊임없는 변화 속에 있고, 이를 늘 새로이 따라잡으려는 우리의 마음 작용과 더불어 끊임없는 변용이 일어나기에, 현실과 사물들은 하나의 고정된 실체가 아니라, 다양한 형태를 지니며, 또 이러한 다양성의 총체적 가능태로 존재한다고 할 수 있다. 스티븐스의 많은 후기시들이 주목하고 있는 것은 이러한 가능태로서의 현실에 작용하고 있는 마음의 변용 과정들, 또 이러한 변용들이 삶에 지니는 의미이다.

앞서 살핀 시간과 공간 같은 큰 차원에서의 변화를 다루는 시들도 현실의 의미 형성에 작용하고 있는 비현실의 모습을 드러내고 있지만, 1947년 이후 쓰인 시와 글들은 마음, 감각, 상상력, 보다 넓게는 시(poetry)와 같이 현실과 사물을 지어내고 있는 비현실적 요소들의 추상화 과정을 보다 면밀히 살피고 있다.

"햇빛 속의 장미 꽃다발"(Bouquet of Roses in Sunlight)은 우리의 감각이 사물들에 작용하는 방식을 고찰한다. 장미꽃의 선명한 빛깔은 우리의 감각 속에서, 어떠한 비유나 형용도 뛰어넘는 "생생한"(real) 것으로 살아있다. 스티븐스는 모든 언어적 비유, 혹은 빛의 물리적 변화보다 우선하는 우리의 감각으로 인하여, 사물들이 순간마다, 사람마다 절실하고 다양한 느낌과 의미 속에 유동하고 있다고 관찰하였다.[9] 이 시는 장미 꽃다발이라는 정물에 초점을 맞추고 있지만, 현실 체험의 근원에 들어있는 감각적 요소에 주목함으로써, 현실 세계의 "진실"과 "의미"는 언어 너머, 순간의 감각 속에 사람마다의 독특한 고유한 느낌으로 살아 움직이며, 하나가 아닌 여럿으로 다양한 변모의 흐름 속에 있음을 암시하고 있다. 사물과 현실이 하나로 고정된 것이 아니라, 우리의 감각, 느낌, 생각과의 접점에 무한한 가능태를 지니고 살아 움직이고 있다는 인식은 스티븐스 시 전체에 들어있는 중요한 현실 인식 중의 하나이지만, 후기시들에서는 다양한 인식을 가능케 하는 요인들을 보다 세밀하게 관찰하고 있다.

---

[9] 물리적 세계보다 감각과 상상을 중시하는 스티븐스의 이러한 견해는 1950년 이후의 시들에서 어느 정도 수정되는 것처럼 보인다. "성 요한과 요통"(St John and the Backache)은 감각과 마음에 앞서 "존재로서의 세계"(the world as presence)가 지닌 "영향력"(effect)에 주목하고 있다.

Say that it is a crude effect, black reds,
Pink yellows, orange whites, too much as they are,
To be anything else in the sunlight of the room,

Too much as they are to be changed by metaphor,
Too actual, things that in being real
Make any imaginings of them lesser things.

And yet this effect is a consequence of the way
We feel and, therefore, is not real, except
In our sense of it, our sense of the fertilest red,

Of yellow as first color and of white,
In which the sense lies still, as a man lies,
Enormous, in a completing of his truth.

Our sense of these things changes and they change,
Not as in metaphor, but in our sense
Of them. So sense exceeds all metaphor.

It exceeds the heavy changes of the light.
It is like a flow of meanings with no speech
And of as many meanings as of men.

We are two that use these roses as we are,

In seeing them. This is what makes them seem
So far beyond the rhetorician's touch.

천연의 효과라 하라. 검은빛 도는 빨강들,
핑크 섞인 노랑들, 오렌지빛 나는 흰빛들, 너무나 그 자체여서
방안 햇빛 속, 그 어떤 다른 것일 수 없고

너무도 있는 그대로여서 은유로 바뀔 수 없는 것들,
너무도 실제이며, 그 생생함으로 인하여
그에 대한 어떠한 상상들도 그만 못한 것으로 만드는 것들.

허나 이런 효과는 우리가 느끼는 방식의
결과, 그러므로 오직 그에 대한 우리의 느낌,
가장 풍요로운 붉음, 으뜸 색으로서의 노랑,

흰색이라는 우리의 느낌이 아니라면 실제가 아니다.
느낌 안에 우리의 감각이 고요히 놓여 있다.
마치 사람이 그의 진실의 완성 속에 거나하게 들어 있듯이.

꽃들에 대한 감각이 변화하면 꽃들이 바뀐다.
은유가 아닌, 꽃들에 대한 우리의 감각 속에서.
그러므로 감각은 모든 은유를 뛰어넘는다.

감각은 빛의 큰 변화도 넘어선다.
그것은 마치 말없는 의미들의 흐름,

신비한 신학: 지금 있음에서 존재로

사람 수만큼이나 많은 의미들의 흐름 같다.

우리는 장미들을 보면서 저마다의 방식으로
이들을 사용한 두 사람. 이것이 장미들을
수사가의 손길 너머 아주 멀리 있는 듯 보이게 한다. (CP 430-31)

    노년의 스티븐스는 사물과 현실의 표면에 일차적인 접촉을 하는 감각들에 이어, 현실 인식에 관여하는 비현실의 원리들을 유사(resemblance), 은유(metaphor), 유추(analogy)를 발견하는 상상력의 형상화 과정에서 찾았다. 그의 산문집 『필요한 천사』에 포함된 일곱 편의 글 중, 1947년 이후 쓰인 다섯 편의 글은 "비현실"의 보이지 않는 조형 작용을 통하여 무한한 의미 가능성 속에 있는 현실을 조명하고 있다.

    1947년 하버드대에서 행한 강연, "세 개의 학문적 단편들"(Three Academic Pieces)은 현실이 우리 마음과 생각, 스티븐스의 단어로, 상상력이나 시의 구조를 통하여 탄생함을 말하는 짧막한 글과 두 편의 시로 이루어져 있다. 이 강연의 산문 부분인 "닮음의 영역"(The Realm of Resemblance)에서 스티븐스는 "닮음"(resemblance)과 "은유"(metaphor)를 발견하려는 마음의 작용이 현실 구조의 일부를 이루고 있음을 지적한다. 하늘 아래 너른 바다는 서로 색상이 닮아 있고, "신은 선하다"(God is good)라는 말은, "신"이라는 개념과 "선하다"라는 추상 개념 사이 "닮음"을 포함하고 있다는 것이다(NA 72). 닮음이나 은유의 관계를 읽어 내는 것은 우리의 감각과 마음의 작용인데, 스티븐스에게 있어 이 마음의 작용은 곧 시였고 상상력 작용이었다. 그러므로 "시의 구조와 현실의 구조는 하나이며, 사실 시와 현실은 하나이고 또 그래야만 한다"(… the structure of poetry and the structure of reality are one or, in effect, that poetry and reality are one, or should be. NA 81)는 것이다. 현실 여러 사물들의 관계 속에서 만들어진 이러한 의미 구조는 현실 외양 (appearance)의 기반을 이룰 뿐 아니라, 현실을 보다 더 강렬하고 실감나게 만들고, 보다 정확한 은유를 찾으려는 욕구는 "완벽함"(perfection) 과 "이상적인 것"(the ideal)에 대한 우리의 그리움과 연결되어 있다는 점을 이 글은 지적하고 있다(NA 77).

산문 "유사함의 영역"에 뒤이은 두 편의 시 중 하나인 "누군가 파인애플을 조합한다"(Someone Puts a Pineapple Together)는, 파인애플에 관한 12가지의 측면 진술들, 더 나아가 가능한 유사함들의 조합이 파인애플이라는 하나의 기하학적 총체를 탄생시킨다는 사실을 보이고 있다. 파인애플의 총체란, 우리의 감각과 마음이 만들어 내는 은유나 유사성 같은 무수히 많은 인조물의 총체로서 모습을 드러낸다는 것이다(Here the total artifice reveals itself / As the total reality. NA 87). 아래 인용은 하나의 파인애플이 다양한 은유와 유사들로 묘사된 모습들의 총체로 구성됨을 보이는 예이다.

1. The hut stands by itself beneath the palms.
2. Out of their bottle the green genii come.
3. A vine has climbed the other side of the wall.
4. The sea is sprouting upward out of rocks.
5. The symbol of feasts and of oblivion…

신비한 신학: 지금 있음에서 존재로

6. White sky, pink sun, trees on a distant peak.

7. These lozenges are nailed-up lattices.

8. The owl sits humped. It has a hundred eyes.

9 The cocoanut and cockerel in one.

10. This is how yesterday's volcano looks.

11. There is an island Palahude by name—

12. An uncivil shape like a gigantic haw.

1. 오두막이 홀로 종려나무 아래 서 있다.

2. 그들 병에서 초록 지니들이 나온다.

3. 벽의 뒷면을 타고 덩굴이 올라왔다.

4. 바위로부터 바다가 용솟음치고 있다.

5. 축제와 망각의 상징…

6. 하얀 하늘, 분홍빛 태양, 먼 산 정상에 나무들

7. 이 마름모들은 못으로 박아놓은 격자창들이다.

8. 부엉이가 웅크리고 앉았다. 백 개의 눈을 지녔다.

9. 코코넛과 수탉이 하나로

10. 이것은 어제의 화산의 모습

11. 팔라후데라는 섬이 있었으니 —

12. 거대한 산사나무 같은 야생의 모습. (NA 86)

하나의 사물이 "보이고 보이지 않는 복합성의 총체"(An object the sum of its complications, seen / And unseen, NA 87)로 존재한다 하더라도 모든 유사나 은유가 같은 중요성을 갖는 것은 아니다. 스티븐스는

"다면 프리즘의 현실"

수많은 은유와 유사들 사이에 "적합성의 정도"(the degree of appositeness)가 있어, 무한한 생각의 연상들 속에서도 "마치 모든 사물마다 지정된 객관화가 존재하는 것 같이"(as if … there existed for every object its appointed objectification. NA 114), "최종적으로 꼭 맞는"(finality and rightness) 비유가 현실의 통찰을 제공하여 문화의 일부를 이룬다고 관찰하였다(NA 115-16).

변화하는 현실에서, 현실의 구조에 관한 정확성, 이미지의 적합성을 추구하는 것은 스티븐스에게 있어 시인의 정신적 의무이자 삶의 규율을 이루는 것이었다. 뒤 이은 시 "이상적 시간과 선택에 관하여"(Of Ideal Time and Choice)는 오랜 시간 속, 어느 축복된 한 순간 꼭 적합한 비유로써 "한 세계가 동의할" 사물의 의미가 선택된다는 사실을 말하고 있다. 낯선 (비인간의) 현실에 감추어진 "풍성한 생략들"(prolific ellipses, NA 87)로부터 "인간적인 자아"를 선택하는 과정은 "우리가 문화라 이름한 최고의 양식"(the ultimate good sense which we term civilization, NA 115)을 창조하고 축적해 가는 삶의 과정에 동참하는 일이었고 스티븐스가 생각하였던 시의 중요한 과제였다.

of how
Much choosing is the final choice made up,

. . .
Upon whose lips the dissertation sounds,
And in what place, what exultant terminal,
And at what time both of the year and day;

신비한 신학: 지금 있음에서 존재로

And what heroic nature of what text
Shall be the celebration in the words
Of that oration, the happiest sense in which

A world agrees, thought's compromise, resolved
At last, the center of resemblance, found
Under the bones of time's philosophers?

The orator will say that we ourselves
Stand at the center of ideal time,
The inhuman making choice of a human self.

　　　　　얼마나 많은 선택으로
최종적인 선택이 이루어지는가.
　　　　　· · ·
누구의 입술에서 그 논문이 소리를 얻게 될까?
어느 장소, 어느 고양된 종착역,
어느 해, 어느 날, 어느 시간에?

어떤 글의 어떤 영웅적 성격이
그 연설의 말들에 담긴 축하가 될까?
한 세계가 동의할

가장 행복한 의미, 마침내 타결된
생각의 협약, 시대의 철학자들의

뼈들 아래서 발견된 유사함의 중심?

웅변가는 말하리라. 우리 자신들이
최상의 시간의 중심에 서 있어
인간적 자아를 선택하고 있는 비인간이라고. (NA 88-89)

비인간의 현실로부터 여러 사람이 동의할 수 있는 유사와 은유를 발견함으로써 인간적인 현실을 만들어 내는 시인의 작업은 현실의 의미를 강화, 고양시킬 뿐 아니라, 현실을 다양한 가능성을 내포하고 있는 존재로 이해하게 한다. 스티븐스는 외부로부터 주어지는 현실로의 직접적인 "접촉"(the contact of reality, NA 96), 즉 "우리 마음속 개념들로 쉽게 녹아들지 않는 견고한 현실을 만지고 느낄 수 있다는 느낌"(the sense that we can touch and feel a solid reality which does not wholly dissolve itself into the conceptions of our own minds)을 주는 것이 시의 중요한 기능이라 생각하였다(NA 96). 그는 웨일즈 철학자 루이스(H. D. Lewis, 1910-1992)의 말을 빌려, 시에서 중요한 것은 의미가 아니라, "구체적인 사물을 특정한 방식으로 말함으로써 현실의 일면을 드러내는 데 있다"(it is important for the poem only in so far as the saying of that particular something in a special way is a revelation of reality. NA 99)고 관찰하고, 당대의 여성 시인 매리안 무어(Marianne Moore)의 시가 "통렬한 꿰뚫음"(poignancy and penetration)으로 우리의 의식에 구체적 사물의 독특한 경험을 강하게 부각시키는 힘(potency)을 지니고 있다고 평하였다.

1948년, 예일대에서 행한 또 다른 강연, "비유의 효과들"(Effects of Analogy)은 은유와 유사에서 더 나아가 시의 이미지와 음악성은 시의 주제와 감정, 시인의 세계관, 혹은 시 전체에 흐르는 감정과 속도를 반영하는 "상응물"(analogue)임을 밝히고 있다. 시의 이미지는 주제에 대한 시인의 태도와 감정, 더 나아가 세계에 대한 그의 느낌이 그림으로 바뀐 (pictorialization) 상응물들(analogies)이며, 시가 지닌 음악성 역시 감정과 이미지에 속도를 부여하고 고조시키는 또 하나의 상응물 역할을 한다는 것이다. 이러한 비유들은 시에서 복합적으로 작용하여 "상상의 역동" (imaginative dynamism)을 이루고 이를 통하여 일종의 "초월" (transcendence)을 이룬다고 스티븐스는 관찰하였다. 이 초월은 종교적이거나 낭만주의에서의 초절과는 달리, 마음의 작용이 덧붙여져 사물들이 새로운 의미 속에 파악됨을 의미한다. 그에게 시는 "현실의 구체적인 것들로 구성된 초월적 유사물"(Thus poetry becomes and is a transcendent analogue composed of the particulars of reality. NA 130) 이었다. 유사와 비유 속에 파악된 사물들은 여러 사람들에게 공유되는 동안 현실 구조의 일부를 이루고, 이는 곧 삶의 터전인 문화의 일부를 구성하게 되는 것이다. 스티븐스는 앞선 파인애플에 관한 시에서 파인애플 하나를 여러 은유와 비유를 통해 이해하는 것은 곧 마음속 접근선을 통해 사물에 근접해 보는 것이며, 여기서 파생되는 여러 다양한 인식들은 사람이 살 수 있는 터전을 마련하는 일임을 말하였다.

He sees it in this tangent of himself.

And in this tangent it becomes a thing

Of weight, on which the weightless rests: from which,

The ephemeras of the tangent swarm, the chance
Concours of planetary originals,
Yet, as it seems, of human residence.

그는 그것[파인애플]을 자신의 접선 속에서 본다.
그 접선 속에서 무게 없는 것(마음)이 얹힌 그것은
무게 있는(의미 있는) 한 사물이 된다:

그로부터 접선의 하루살이 떼가 몰려든다.
별나라 독특함들의 우연한 군집이면서,
보이는 그대로 사람의 거처를 이룬다. (NA 84)

  스티븐스에게 시가 중요한 의미를 지녔던 것은 바로 시를 통하여
당대, 혹은 어느 시대에나 삶의 깊은 필요에 부응하는 현실을 발견할 수
있다는 가능성 때문이었다(Nothing illustrates the importance of poetry
better than this possibility that within it there may yet be found a
reality adequate to the profound necessities of life today or for that
matter any day. NA 102). "초월적 유사물"로서의 시는 스티븐스의 당대
현실에서 힘을 잃은 하나의 정신적 종교적 해석 대신, 현실의 다원성을
수용하여 현실을 풍요롭게 할 뿐 아니라, 현실에 대한 믿을 만한 설명으
로써 한 공동체의 문화적 삶의 근거를 마련해 줄 수 있는 것이었다.
  "햇빛 속의 여인"(The Woman in Sunshine)은 짧은 시이지만, 햇볕

의 온기와 파동을 마음속 한 여성의 금빛 옷자락의 흔들림과 유사하다고
하고, 이 유사함의 관계를 여름 들판들의 향기들, 말없이 맑고 순수한 사
랑 등 삶의 풍요로움 속으로 확장하는데, 이는 지금 여기의 단순한 물리
적 현실이 마음의 유사 작용을 통하여 복합적이고 더욱 심화된 의미 속
으로 열리게 됨을 보여주는 예이다. 유사와 상응물의 발견 작용은 하나
의 감각 현실을 다른 감각들로, 더 나아가 삶의 추상적, 근원적 의미들로
연결, 확장시켜 준다.

> It is only that this warmth and movement are like
> The warmth and movement of a woman.
>
> It is not that there is any image in the air
> Nor the beginning nor end of a form:
>
> It is empty. But a woman in threadless gold
> Burns us with brushings of her dress
>
> And a dissociated abundance of being,
> More definite for what she is—
>
> Because she is disembodied,
> Bearing the odors of the summer fields,
>
> Confessing the taciturn and yet indifferent,

"다면 프리즘의 현실"

Invisibly clear, the only love.

그저 이 다사로움과 움직임이 한 여성의
따뜻함과 움직임 비슷하다는 것일 뿐이다.

대기 중에 무슨 이미지가 있는 것도 아니고
한 형상의 시작과 끝이 있는 것도 아니다:

그것은 비어 있다. 하지만 실올 없는 금빛 옷을 걸친
한 여성이 우리를 타오르게 한다.

지금 있음의 별다른 충일감으로,
그녀이기에, 형체가 없는 그녀라서

더욱 분명하게—
여름 들판들의 향기들을 지니고

말없이, 무심결에
보이지 않게 분명한, 유일한 사랑을 고백하며. (CP 445)

위의 시에서 햇볕의 다사로움은 "금빛 옷을 걸친 한 여성"의 이미지
와 중첩되어 "차원이 다른 지금 있음의 풍요로움"이라는 초월적 경험으
로, 그것은 다시 여름 들판의 향기로움과, 자연이 우리에게 베푸는 말없
는 사랑의 체감으로 이어지고 있다. 시에서 사용되는 은유(metaphor)와

신비한 신학: 지금 있음에서 존재로

이미지는 스티븐스의 생각에, 현실을 독특한 방식으로 드러내어 강렬한 것으로 체험하게 하는 중요한 기능을 지닌 것이었다.

"꽃다발"(The Bouquet)은 정물화 속 꽃다발의 성격을 규명하여, 그것이 화가, 시인, 혹은 꽃다발을 꾸민 사람 등, "생각하는 사람들"(meta-men)이 만들어낸 "유사 사물들"(para-things), 혹은 은유(metaphor)나 "상징"(symbol)임을 밝히고 있다. 그것은 "고정되고, 꿰뚫어져, 잘 인지된 사물들"(things transfixed, transpierced, and well perceived, CP 449)로, 마음과 실제 사이 중간적 성질을 지닌다(of medium nature). 그림의 꽃다발은 배경의 호수와 오리, 꽃다발이 놓인 창가, 흰색과 붉은색 체크무늬의 테이블보가 이룬 하나의 전체 속에서 의미를 얻게 된다. 스티븐스는 정물화 속 꽃다발을 감상하며 실제 사물들이 이를 바라보는 사람의 마음에 따라 무한히 자유로운 의미 실현 가능성 속에 있음을 관찰한다.

> The infinite of the actual perceived,
> A freedom revealed, a realization touched,
> The real made more acute by an unreal.

> 실제의 무한함이 인지되어
> 자유가 드러나고, 실현(깨달음)에 이르니
> 비현실로 인해 더욱 절실하게 된 현실. (CP 451)

스티븐스 생각에 유사, 은유와 상응, 상징들은 현실의 조성에 관여하고 있는 중요한 원리들이었고 현실의 이해가 이러한 비현실의 원리들에 기초하고 있기에 현실은 늘 순간마다, 장소마다 새롭고 다양한 의미들의 가능성 속에 놓여 있다고 믿었다. 현실이 이러한 무한한 의미 가능성 속에 있기에 현실의 의미 탐구 과정은 초월적이고 정신적인 의미를 지닌다. 그리하여 "현실의 탐구는 / 신의 탐구만큼 / 중요한"(The search / For reality is as momentous as / The search for god. CP 481) 것이 될 수 있었다. 현실 안에 현실을 초월할 수 있는 가능성이 내포되어 있다는 사실은 현실 너머에만 진실과 구원이 존재한다는 기독교 교리에 대한 하나의 대안을 스티븐스에게 제시해 주었다.

"파피니에 답함"(Reply to Papini)에서 스티븐스는 시인들을 "대뇌 속 환영들을 좇으며, 엉겨 붙은 백일몽을 쓰는" 사람들이라 비난한 교구행정관 파피니에 대하여 "현실을 통과하는 길은 / 현실 너머의 길보다 더 찾기 어렵다"(The way through the world / Is more difficult to find than the way beyond it. CP 446)고 하여, 시인의 역할을 기존 종교의 역할과 대비시키고 있다. 시인의 작업은 "세계의 복합성"(the complexities of the world)을 이해하고 "겉으로 드러난 것의 복잡한 얽힘"(the intricacies of appearance)을 인지함으로써 "인간적인 승리의 징표들"(humane triumphals)인 "찬송"(hymns)을 바치고, 경험의 여러 다양한 측면을 고양시키는 것이다.

> These are hymns appropriate to
> The complexities of the world, when apprehended,

신비한 신학: 지금 있음에서 존재로

The intricacies of appearance, when perceived.
They become our gradual possession. The poet

Increases the aspects of experience,
As in an enchantment, analyzed and fixed

And final. This is the centre. The poet is
The angry day-son clanging at its make:

The satisfaction underneath the sense,
The conception sparkling in still obstinate thought.

이들[인간적인 승리의 징표들]은 찬송들,
이해된 세계의 복합성과, 인지된

겉모습의 오묘함에 어울리는 찬송들이다.
이들은 점차 우리가 지닌 것이 된다. 시인은

경험의 여러 국면들을 고양시킨다.
분석되고 고정되어 최종이 된 마법에서인 양.

이것이 그 중심. 시인은
한낮의 성난 석공. 땅땅 쪼아 만들고 있다:

감각 아래 들어있는 만족, 여전히 쉽지 않은 생각으로

"다면 프리즘의 현실"

불꽃 튀는 개념을. (CP 447-48)

　상상력이 은유와 유사 등, 섬세한 변용을 통하여 경험 현실을 풍성하게 하는 것은 시나 문학에만 국한된 것은 아니다. 앞서 살폈듯, 노년의 스티븐스의 보다 궁극적 관심은 보이지 않게 있으면서 지금 현실의 의미를 읽어내고 있는 마음의 작용, 곧 "형이상학으로서의 상상력"(imagination as metaphysics, NA 146)이 삶에 지니는 정신적 의미였다. 스티븐스는 삶의 궁극적 현실에 대한 종교적 해명이 힘을 잃은 시대에 시적 상상력이 "현실을 규명할 수 있는 유일한 단서"(Poetic imagination is the only clue to reality. NA 137)라고 생각하였다. 그의 생각에 일상 현실에 대한 오랜 탐구와 명상은 현실의 근원과 테두리를 가늠하게 하고, 그러한 가능성의 세계로부터 지금 눈앞의 현실을 새로이 규정해가는 마음의 힘에 대한 확신으로 이어지는 것이었기 때문이다. 상상력의 이러한 역할은 음악, 미술, 문학 등 예술의 영역에만 그치는 것이 아니라, 과학과 철학을 비롯한 모든 학문의 가설들, 사회의 모든 예식과 제도들 배후에, 또 일상생활, 언어생활에 깊이 배어 있는 것이다. 노년의 스티븐스에게 현실의 변화란 통용되던 기존의 가설들이 사라지고, 배후의 거대한 가능성의 현실을 배경으로 새로운 의미 탐색의 계기가 되는 순간이었다. 그는 초겨울, 모든 잎들이 진 후, 바위 위에 우뚝 선 소나무에서 "헐벗음"이 아니라, 가려져 있던 진면모가 "드러나며" "앞으로 나아오는" 것을 관찰하고, 세계와 사물이 지닌 다양한 의미 가능성에 주목한다.

The barrenness that appears is an exposing.

It is not part of what is absent, a halt

For farewells, a sad hanging on for remembrances.

It is a coming on and a coming forth.

The pines that were fans and fragrances emerge,

Staked solidly in a gusty grappling with rocks.

The glass of the air becomes an element —

It was something imagined that has been washed away.

A clearness has returned. It stands restored.

It is not an empty clearness, a bottomless sight.

It is a visibility of thought,

In which hundreds of eyes, in one mind, see at once.

[소나무의] 나타난 헐벗음은 드러남이다.

그것은 사라진 것의 일부도, 작별을 위한 멈춤도,

기억들에 대한 슬픈 미련도 아니다.

그것은 다가옴, 앞으로 나아옴이다.

부채들을 펼쳐 향기로왔던 소나무들이

바위들과의 거친 씨름으로 단단히 박힌 채 드러난다.

유리 같은 대기는 하나의 원소가 된다 —

"다면 프리즘의 현실"

쓸려가 버린 것은 상상되었던 그 무엇.
청량함이 되돌아와 회복된 채 서 있다.

그것은 빈 맑음이나 바닥 없는 모습이 아니다.
그것은 생각의 드러남, 그 안에서
한 마음 안, 수백 개의 눈들이 일시에 본다. (CP 487-88)

　　위 시의 화자는 초겨울 차가운 대기로의 변화에서, 바람에 날려간
지난 여름이나 낙엽을 아쉬워하지 않는다. 오히려 겨울의 삭막함이 새로
운 현실, 더 나아가 현실의 근원을 드러내 보임에 주목하고 있다. 차갑
고 맑은 겨울의 대기에 드러나는 것은 솔잎 부채 향기를 품었던 소나무
가 아니라, 단단한 바위와 바람 속에 굳세게 선 소나무들이다. 변화를
통해 드러난 보다 중요한 사실은, 현실의 배후에 빈 허무나 심연이 있는
것이 아니라, 가능성으로부터 스스로를 드러내는 현실과 이를 인식, 형
성해 내는 우리 마음과 생각의 작용이 있다는 것이며, 그러기에 현실은
"보이는 것과 보이지 않는 것들의 복잡한 얼크러짐의 총합"(the sum of
its complications, seen / And unseen, NA 87)으로 존재한다는 사실이
다. "한 마음 안, 수백 개의 눈들이 일시에 본다"라는 것은 끝없이 변화
해 가는 시간과 공간 속에서, 현실은 무수히 많은 경험(눈)과 생각을 통
하여 다양한 양상으로 존재할 수 있으며, 그러기에 현실은 무한한 가능
성의 복합체로 존재한다는 사실을 전체적으로 (한 마음 안에서) 자각함
을 의미할 것이다. "수백 개의 눈들이 일시에 본다"라는 것은 불교에서
말하는 천수천안 관음의 포괄적 초연의 상태를 암시한다고도 여겨진다.

"뉴 헤이븐에서의 어느 평범한 저녁"의 마지막 부분은 눈에 잘 뜨이지 않는 현실의 미세한 소리나 색채, 자연현상들, 또 사람들의 여러 다양한 일상 행동들을 "궁극적 형상의 밀치고 닥침"(the edgings and inchings of final form, CP 488)으로 이해하고 있다. 그리하여 현실이 고정된 실체로서가 아니라, 일상의 수많은 모습들 속에 움직이고 있는 하나의 힘으로서 존재할지도 모른다는 견해를 조심스레 투사하고 있는데, 이는 하나의 믿음을 잃은 시대에 현실은 일상을 포함하는 다원성과 미묘함(subtlety)으로, 사람들이 만들어낸 진실(허구)로, 혹은 그러한 현실을 형상화해 내는 사람의 상상력과, 다양한 가능성을 내포한 현실이 지닌 힘으로 존재할지도 모른다는 그의 견해를 반영한 것이다.

감각과 상상력의 변용을 통한 새로운 현실을 발견해 감에 있어 스티븐스에게 중요했던 것은 발견된 한순간의 의미보다, 의미 탐구를 위한 생각의 흐름 과정이었던 것 같다. 하나의 진리에 대한 믿음이 사라진 시대, 끊임없이 변화하는 세계와 사물로부터 믿을 만한 의미를 발견해 가는 과정은, 세계와 사물, 또 사람의 감각과 마음의 여러 요소가 작용한다는 점에서, 진실한 것, 즉 감각적 세계를 넘어가는 형이상의 것에 대한 바람을 포함한다. 그리하여 현실로부터 의미를 읽어내는 과정에 관한 "시의 이론"은 곧 "삶의 이론"으로 변모하게 되는 것이다. "뉴 헤이븐의 어느 평범한 저녁"에서, 뉴 헤이븐의 현실은 단순히 "호텔"이 있는 도시의 일상적, 물리적 현실뿐 아니라, "축제", "성인들의 복식", "천국의 문양", "드높은 밤의 대기"와 같은 고양된 삶에 대한 "정신의 연금술"이 지어내는 "새로운 의미"들을 포함하고 있다.

We keep coming back and coming back

To the real: to the hotel instead of the hymns

That fall upon it out of the wind. We seek

The poem of pure reality, untouched

By trope or deviation, straight to the word,

Straight to the transfixing object, to the object

At the exactest point at which it is itself,

Transfixing by being purely what it is,

A view of New Haven, say, through the certain eye,

The eye made clear of uncertainty, with the sight

Of simple seeing, without reflection. We seek

Nothing beyond reality. Within it,

Everything, the spirit's alchemicana

Included, the spirit that goes roundabout

And through included, not merely the visible,

The solid, but the movable, the moment,

The coming on of feasts and the habits of saints,

The pattern of the heavens and high, night air.

우리는 늘 돌아오고 또 돌아온다:

신비한 신학: 지금 있음에서 존재로

바람 속 쏟아지는 찬송들 대신,
현실로, 호텔로: 우리는.

순전한 현실의 시를 추구한다. 비유나
빗댐이 닿지 않고, 말 그대로
곧장 고정하는 사물에 이르는 시.

순전히 그 자신이 됨으로써 고정하여
그 자신이 되는 가장 정확한 지점의 사물.
이를테면, 어떤 눈으로 본 뉴 헤이븐 전경.

불확실함이 걷힌 눈, 생각의 반추 없이
단순히 보는 시각으로 본 뉴 헤이븐의 전경. 우리는
현실 너머의 것은 찾지 않는다. 그 안에

모든 것이 있다. 정신의 연금술,
에두르고 통과하며 넘나드는 정신이
포함된다. 보이는 것들, 단단한 것들뿐 아니라

움직일 수 있는 것들, 그 순간,
축제들의 다가옴과 성인들의 복색들,
천국들의 문양과 드높은 밤의 대기. (CP 471-72)

끊임없이 변화하는 현실 속, 지금 여기에서 보이지 않게 움직이고
있는 "정신의 연금술"을 조명하는 것은 노년의 스티븐스에게 매우 중요

"다면 프리즘의 현실"

한 일이었던 것 같다. 그것은 고정된 보이는 세계가, 시간의 흐름과 변화, "축제와 복식" 같은 문화적 관습과 양식들, 또 "천국들의 문양"과 같은 마음속 이상, 그리고 무엇보다 삶의 바탕을 이루는 대기와 같은 근원적 요소들의 복합체라는 사실을 깨닫는 과정이었다. 그의 생각에 상상력이란 사람 마음속에 존재하면서 동시에 마음과 세계가 지닌 무한한 가능성에 연결되어 있는 것이었다. 이렇게 볼 때, 스티븐스 후기시에서 현실의 변화를 인식, 변용하는 사람 마음 작용은, "빵 굽는 이와 정육점 주인의 / 실제 외침이 있는 실제 풍경"(The actual landscape with its actual horns / Of baker and butcher blowing, CP 475)을 새로이 인식하면서, 동시에 사람 마음 너머에 있는 보다 큰 영역을 감지하는 "신선한 영가"(a fresh spiritual, CP 474)를 구현하는 계기들을 마련한다고 할 수 있겠다.

보통 현실에서의 변화를 의미 있는 새로운 현실로 읽어내는 상상력의 변용 작용은 노년의 스티븐스가 중요하게 생각하였던 시의 핵심 기능이었다. 현실을 이루고 있었던 비현실의 요소가 변화한 현실을 설명해주지 못할 때, 현실은 힘을 잃어 거짓되고 허황한 것이 될 뿐이다. 스티븐스의 생각에 현실로부터 잘못된 것을 없애고, 새로운 의미 있는 현실을 만들어 내는 것은 시의 중요한 기능일 뿐 아니라, 진실함의 추구를 통하여 삶에 도덕적 기율(sanction)을 부여해 주는 것이었다. 그는 1951년 바드 대학에서 명예학위를 받으며 자신의 시적 노력을 통해 "시인의 길은 진리를 추구하는 길이며 … 적어도 이 세대에 있어서 그 길이란 현실을 통하는 길"(I have tried to portray … the way of the poet as the way of the truth and … at least for this generation, it is a way through reality. CPP 838)임을 보이려 했다고 술회하였다. 과거 믿음으로 세워졌

신비한 신학: 지금 있음에서 존재로

던 종교적 진리가 붕괴되었던 20세기, 특히 2차 세계대전 이후의 세계에서 진실을 확인해 가는 방법은 주어진 일상의 보통 현실과 그곳의 사물들, 그리고 우리의 감각과 느낌, 생각들에서 출발할 수밖에 없었을 것이다.

스티븐스는 이러한 "현실을 통한 진리의 추구"는 당대의 시뿐 아니라 회화에서도 나타나는 특성이라 진단하였다. 그는 당대의 회화들이, 마치 현실을 통하여서만 현실의 표면 아래나 위에 있는 하나의 전체에 닿을 수 있음을 말하기라도 하듯, "현실의 외관에 대한 거대한 탐구"(a prodigious search of appearance)를 보인다고 관찰하고, 바로 이러한 특징으로 인하여 현대의 회화나 시론들은 일종의 "신비의 신학"(a mystical theology)을 이루며 현실은 물질(substance)로부터, 미묘한 존재(subtlety)로 변환된 의미를 지니게 된다고 관찰하였다(NA 174). 주변의 보통 현실에 대한 스티븐스 후기시의 관심은 종교적 믿음이 사라진 세계에서 시의 역할에 대한 생각과 미묘한 존재로서의 현실, 곧 현실에 서려 있는 형이상의 요소에 대한 탐구가 합쳐져 그 추동력을 얻어 갔다고 할 수 있다.

"다면 프리즘의 현실"

3장

신비한 신학: 지금 있음에서 존재로

A Mystical Theology — from Being to Presence

Being there is being in a place,
As of a character everywhere,
The place of a swarthy presence moving,
Slowly, to the look of a swarthy name.

그곳에 있는 것은, 어디서나 한 인물이 그러하듯,
한 장소에 있는 것,
어떤 검은 존재가 검다는 이름의 외양대로,
느릿느릿 움직여가는 장소에. (CP 429)

현실 외관의 탐구를 주 특성으로 하는 당대 예술들이 일종의 "신비한 신학"(a mystical theology)을 이룬다는 스티븐스의 관찰(NA 173-74)은 주변 현실을 다루는 그의 후기시들의 중요한 특성을 설명해 주는 말이기도 하다. 그의 많은 후기시들은 주변 현실의 표면으로부터 배후의 전체를 투사하려 하기에, 물질(substance)로서의 현실이 미묘함(subtlety)으로 변모되는 순간을 포착하고 있다. 이러한 순간은 현재 시제나 현재

진행형을 사용하여 눈앞에 "지금 있는"(being) 구체적 현상이나 사물들의 표면에 주목하면서, 이들 배후의 보이지 않는 "있음"(be)과 "임재나 존재"(presence), 더 나아가 "하나의 목적"(a purpose)을 드러내려 하기에, 구체적 소재들에도 불구하고 보편적이고 전체적인 전형을 투사하고, 현실의 사물들이 지닌 정신적 가능성을 열어 보이는 계기를 이루고 있다.10)

　예를 들어, "빨강 밑의 갈색 / 노랑 깊숙이 잠긴 주황"을 드러내며 퇴색하는 가을 숲에서 갑자기 광채를 발하는 초록색 식물은, 그것이 속한 "거친 현실의 / 야생적 초록빛"(Gralres … with the barbarous green / Of the harsh reality of which it is part. CP 506)을 지닌 것으로 묘사된다. 파인애플의 모습이 그것의 배후에 가려져 있는 여러 가능성의 총체로부터 드러난 "단단한 계시들"(hard revelations, NA 87)이라는 생각은 스티븐스의 여러 후기시에 들어 있다. 로마의 한 수녀원에서 생을 마감한 철학자 조지 산타야나는 스티븐스에게, 생각의 힘을 통하여, 누추한 방의 책상, 의자, 촛불, 둥근 천장으로부터 "전체적인 구조물의 총체적 장엄함"(total grandeur of a total edifice, CP 510)이 가능함을 보인 훌륭한 모범이었다. 스티븐스는 시를 통하여 지금, 여기의 현실 세계가 그 자체로 믿을 만한 가능성 속에 있음을 보임으로써 획일화, 세속화를 겪으며 급변하던 2차 대전 이후의 세계 속에서 세계에 대한 믿음(la confiance au monde)의 회복을 시도하였던 것 같다. 스티븐스의 후기시

---

10) "being", "be", "presence", "purpose" 등은 존재론(ontology)에서 상당히 다양한 논의의 대상이나, 이 글에서는 스티븐스가 시에서 사용한 뜻에만 국한시켰다. 편의 상, "being"은 "지금 있음"으로, "be"는 "있음"으로, "presence"는 "존재" 혹은 "임재"로, "purpose"는 "목적"으로 번역하였다.

신비한 신학: 지금 있음에서 존재로

들은 사물들의 "지금 있음"(being)에서 시작하여, 그 순간들을 지탱하는 바탕의 "있음"(be), 혹은 다양한 순간들의 변화하는 총체인 "있는 대로의 현실"(plain reality)을 드러냄으로써, 현실이 무한한 가능성 속에 놓여 있음을 말한다. 우리의 상상력을 통하여 새롭고 다양한 "지금 있음"의 모습으로 태어나는 현실 세계는 스티븐스의 말년의 시들에서, "하나의 전체"(a whole)나 "하나의 질서"(an order, CP 524), 더 나아가 "하나의 목적"(a purpose, CP 532)을 지닌 존재(presence)로서 세계의 실현임이 암시되고 있다.

1. 지금 있음(Being)

후기시에 종종 등장하는 "지금 있음"(being)이라는 단어는 "있다"라는 동사에서 파생되었기에 지금 경험 가능한 실체이기도 하지만, 현재진행형으로 지금 이 순간에 살아 움직이는 배후의 어떤 주체를 생각하게 한다는 점에서 물질로서의 현실과 미묘함으로서의 현실 양쪽을 아우르고 있다. 몇몇 비평가들이 스티븐스의 "지금 있음"이란 단어에 주목하여 하이데거나 고대 그리스 철학자들 사상과의 연계 속에서 고찰하고 있다.[11] 이러한 연구들이 밝혀주는 스티븐스 시의 철학적 유사성에도 불구하고 정작 스티븐스의 후기시들에서 "지금 있음"이 무엇을 의미하며, 어떠한 형태로 등장하고 있는지, 또 이를 통해 그가 어떠한 가치를 추구하였는지에 대해서는 보다 더 구체적인 연구가 필요할 것 같다.

---

11) 지금 있음(being)의 개념을 하이데거와 관련 지은 연구들로 Thomas Hines; Hillis Miller; Blessing: 119-67; Daniel Topmpsett; Krzysztof Ziarek 참조.

신비한 신학: 지금 있음에서 존재로

노년의 스티븐스가 시로써 지금 여기 있는 것에 초점을 맞추고, 이를 비추려 하는 것은, 변화하는 현실에 부합하는 지금의 정확한 인식이 필요하기 때문이기도 하지만, 지금 이 순간의 외침과 말들은 생각의 존재들의 반영으로, 시와 말과 생각이 결국 세상의 삶(생명)을 이루고 유지해 가기 때문이다.

The poem is the cry of its occasion,
Part of the res itself and not about it.
The poet speaks the poem as it is,

Not as it was:
　　　　… He speaks

By sight and insight as they are. There is no
Tomorrow for him.

　　　　　… …
The mobile and immobile flickering
In the area between is and was are leaves,
Leaves burnished in autumnal burnished trees

And leaves in whirlings in the gutters, whirlings
Around and away, resembling the presence of thought
Resembling the presences of thoughts, as if,

In the end, in the whole psychology, the self,
The town, the weather, in a casual litter,
Together, said words of the world are the life of the world.

시는 그 한 때의 외침,
사물에 대한 것이 아니라, 물 자체의 일부.
시인은 과거에 있었던 대로가 아니라,

지금 있는 대로의 시를 말한다.

그는 보이는 것과 통찰로써
있는 그대로 말한다. 그에게
내일이란 없다.

· · ·

있다 와 있었다 사이 영역에서
움직였다 말았다 하는 떨림은 나뭇잎(시)들,
가을 빛나는 나무들에서 빛나는 잎들과,

도랑들에서 구르는 낙엽들이다. 뒹구르다
쓸려가는 것이 생각의 존재를,
생각들의 존재들을 닮아, 마치,

결국에는 마음의 전 과정 속에서
자아와, 도시, 날씨가 무심히 흩어지며, 일제히
세상에 대한 말들이 세상의 삶(생명)이라

말하는 듯. (CP 473-74)

　　스티븐스는 사물을 "보이고 / 보이지 않는 어려움들의 총합"(An object the sum of its complications, seen / And unseen. NA 87)으로 인식하고, 사물이나 현상이, 보이는 것뿐 아니라, 그 배후에 보이지 않게 들어 있는 수많은 가능성들 가운데, 우리의 생각 과정을 거쳐 지금의 의미를 지니게 된다는 사실에 주목하였다. 그는 "지금 여기 있음"의 표면과 의미를 연구하고 읽어내는 시의 탐구 과정이, 순간을 넘어서는 전체에 대한 인식으로 이어지기에, 신심이 사라진 시대, 세계에의 믿음을 되찾게 해줄 수 있다고 믿었다. 1947년에서 1949년에 쓰인 『가을의 오로라들』의 첫 부분의 시들에서 주로 발견되는 "지금 있음"(being)은, 곧 수많은 "지금 있음들"을 가능케 하는 사물과 세계의 "있음" 인식으로 확대되고, "뉴 헤이븐에서의 어느 평범한 저녁"을 거치면서 특정 시공 일상 현실인 "있는 대로의 현실"(plain reality)에 대한 고찰을 거쳐, 이후 『바위』(The Rock)에 실린 말년의 시들에 이르러 지금 있음과 있음의 세계 너머 "극단의 존재"(the presence of the extreme, CP 508), 혹은 "하나의 질서나 전체"(an order, a whole, CP 524)의 감지로 확대되고 있다. "지금 있는" 현실의 구조와 근원을 밝히고, 그 너머 보이지 않는 존재의 확신에 이르는 전 여정은 노년의 스티븐스에게 있어, 세계에 대한 믿음을 되찾아가는 과정이기도 했고, 삶에 있어 시와 상상력의 중요성을 재확인하는 과정이기도 했다. 믿음이 깨진 세계에서 시와 예술이 잃어버린 것을 대신해야 한다는 스티븐스의 신념(NA 171)은, 말년에 "신과 상상력은 하나"(God and the imagination are one. CP 524)라는 고백 속에서, 세

신비한 신학: 지금 있음에서 존재로

계의 "지금 있음"과 "상상력(시)"이, 결국은 "존재"로서의 세계와 하나라는 삼위일체의 확신에 이르고 있다.

"가을의 오로라들"을 비롯, 스티븐스의 후기시들은 거의 모두가 "지금까지 있어왔던 것들"이 해체되고 있는 시점에서 출발한다고 해도 과언이 아니다. "사라짐"이나 "빔"이 지금 "있음"의 출발점인 것이다. 가을에서 겨울로 이어지는 계절의 배경을 비롯, 늦가을 밤하늘에 펼쳐지는 오로라는 과거의 허물을 벗고 끝없이 새로운 형태를 추구해 가는 뱀에 비유되며, 바닷가 집과 가정을 지탱해 오던 부모님들의 질서와 생각에는 모두 작별을 고한 상태이다. 1947년 가을 발표된 "시작"(The Beginning)은 여름이 지나고 가을이 시작되었음을 말하는 시이지만, 이러한 계절의 변화는 여름의 절정 "한순간 있던" 아름다운 여성이 떠나버린 빈 집으로 묘사되고 있다. 여름의 "지금 있음"은 이 시에서 거울에 비친 아름다운 여성의 이미지로, "그 순간의 있음, 과거사 없이, 온전히 이해된 여름의 자아"로 형상을 얻고 있다.

> The house is empty. But here is where she sat
> To comb her dewy hair, a touchless light,
>
> Perplexed by its darker iridescences.
> This was the glass in which she used to look
>
> At the moment's being, without history,
> The self of summer perfectly perceived,

And feel its country gayety and smile
And be surprised and tremble, hand and lip.

집은 비었다. 하지만 여기는 그녀가 앉아
윤기 돌아 이슬같이 반짝이는 머리를 빗으며

머릿결에 서리는 어둑한 무지갯빛에 놀라던 곳.
이것은 그녀가 늘 들여다보던 거울.

과거지사 없는 그 한순간의 있음,
온전히 인식된 여름의 자아를 들여다보며

여름 자연의 명랑함을 느끼고 미소 짓고
놀라움으로 손과 입술을 떨던 곳. (CP 427-28)

위에서 한여름은 머리를 빗는 아름다운 여성, 혹은 거울 속 그녀의
완벽한 상과 같은 비유나 이미지, 또 이를 묘사하는 언어 등, 시적 장치
를 통해서 한순간의 "있음"을 얻고 있다. 여름이 간 것은 아름다운 여성
이 섬세하게 직조된 드레스를 바닥에 벗어 놓고 사라져 "빈 집 처마 끝
에서 비극의 노래가 조용히 시작되었음"을 의미한다. 위의 시에서 여름
의 사라짐이 "비극의 노래"의 시작인 것은 그가 계절의 변화를 비롯, 삶
의 매 순간 무상함을 느끼는 노년에 이르렀기 때문이기도 할 것이다. 하
지만 "지금 있음"이 사라지는 변화를 통하여 노년의 스티븐스는 "지금
있음"을 지탱하던 생각들의 있음, 또 그들의 사라짐을 인식하는 상상력

의 있음, 빈 집의 "있음", 더 나아가 "지금 있음"과 "밤"의 순환을 지탱하는 삶의 근원적인 바탕의 "존재"에 대한 확신으로 나아갔던 것 같다.

위의 시보다 5년 후에 쓰인 "공원의 밤"(Vacancy in the Park)은, 있었던 무언가가 사라져 버린 이른 봄 공원의 "빈" 상태에 주목하고 있다. 3월의 공원은 누군가 눈을 밟고 떠나 버렸거나, 물가의 배 한 척이 물결을 따라 밤에 사라져 버린 듯 텅 비었지만, 처마 끝 "비극의 노래" 대신, 덩굴 지붕 아래, 사방으로부터 "바람들"이 불어 들고 있다. 네 개의 바람은 4원소(the four elements)를 환기시키며, 동시에 바람이라는 점에서 세계의 숨결과도 통한다고 볼 수 있겠다. 시들어버린 과거의 덩굴들이 이룬 지붕 아래로 사방에서 불어 드는 바람은 새로운 생명의 씨앗을 실어 나를 수도 있는 보다 근원적인 "존재"임을 환기시키고 있다.

> March… Someone has walked across the snow,
> Someone looking for he knows not what.
>
> It is like a boat that has pulled away
> From a shore at night and disappeared.
>
> It is like a guitar left on a table
> By a woman, who has forgotten it.
>
> It is like the feeling of a man
> Come back to see a certain house.

신비한 신학: 지금 있음에서 존재로

The four winds blow through the rustic arbor,
Under its mattresses of vines.

3월… 누군가 눈 위로 걸어가 버렸다.
무엇인지도 모를 것을 찾아간 누군가.

배 한 척이 밤에 물결에 실려
물가에서 사라져 버린 것 같다.

어느 여성이 잊은 채
탁자 위에 남겨놓은 기타 같기도 하고.

어떤 집을 보려
되돌아온 어떤 사람의 느낌 같기도 하다.

덩굴들이 이룬 매트리스 지붕 아래
소박한 정자 사이로 사방에서 바람이 분다. (CP 511)

　　스티븐스 후기시들에서 지금 여기 있음에 대한 관심은, 시간의 흐름과 현실 변화 속에서 곧 사라지기에 순간의 허망한 느낌으로도 연결되지만, 역설적으로, 철 지난 덩굴들이 얽히고설켜 이룬 "매트리스 아래" 살아 움직이고 있는 바람과, 그것이 배태하고 있는 새로운 가능성에 대한 인식과 함께, 변화하는 세계 자체에 대한 믿음 속으로 열리는 것이다.
　　『가을의 오로라들』의 세 번째 시에서, "책 읽는 크고 붉은 사람"

신비한 신학: 지금 있음에서 존재로

(Large Red Man Reading)은 푸른 석판으로부터 "스토브 위의 팬들, 테이블 위 냄비들, 그 사이 튤립들로 이루어진 삶의 시"를 소리 높여 읽고 있다. 별들 사이 황야를 떠돌다 지상으로 되돌아온 죽은 영혼들은 이 시를 들으며 지상 현실을 생생히 체험하고 그 거칠고 추한 것들과 화해하는 기쁨을 누리고 있다. 스티븐스는 크고 붉은 사람이 읽고 있는 내용을 "지금 있음의 윤곽들과 그 발현들, 그 원리의 음절들"이라 설명하고 지금 있는 것을 드러내어 발현시키는 원리가 "시"(poesis)임을 밝히고 있다. "창조하다", "만든다"라는 어원을 지닌 포에시스는 단단한 지상의 석판으로부터 지금 있는 것의 형상을 그려내는 것이다. 크고 붉은 사람의 목소리가 음절화, 문자화되고 문장을 이루게 되는 시의 "지음"(making) 과정을 통해 지금 여기에 있는 것들은 분명한 모습을 드러내고 "예지에 찬"(vatic) 의미를 지니게 된다. 이렇게 되살아난 지금 여기 있음은 죽은 영혼들에게 결핍되었던 것을 채워주어 삶의 기쁨을 누리게 하고 있다.

There were ghosts that returned to earth to hear his phrases,
As he sat there reading, aloud, the great blue tabulae.
They were those from the wilderness of stars that had expected more.

There were those that returned to hear him read from the poem of life,
Of the pans above the stove, the pots on the table, the tulips among them.
They were those that would have wept to step barefoot into reality,

That would have wept and been happy, have shivered in the frost
And cried out to feel it again, have run fingers over leaves

신비한 신학: 지금 있음에서 존재로

And against the most coiled thorn, have seized on what was ugly

And laughed, as he sat there reading, from out of the purple tabulae,
The outlines of being and its expressings, the syllables of its law:
Poesis, *poesis*, the literal characters, the vatic lines,

Which in those ears and in those thin, those spended hearts,
Took on color, took on shape and the size of things as they are
And spoke the feeling for them, which was what they had lacked.

그의 시구들을 들으러 지상으로 돌아온 유령들이 있었다.
그가 앉아 소리 높여 커다란 푸른 판을 읽고 있었을 때.
더 많은 것을 기대하여 유성의 광야를 헤매다 돌아온 이들.

그가 삶의 시로부터 읽는 것을 들으러 돌아온 이들이 있었다.
화덕 위 팬들, 식탁 위 냄비들, 그들 사이 튤립들에 관한 시.
그들은 맨발로 현실 속으로 내디디며 눈물 흘렸을 이들.

흐느끼며 행복에 잠기고, 서리 속에서 몸을 떨면서
그것을 다시 느껴보자 외치며, 이파리 표면을 손가락으로 쓸어보고,
가장 꼬부라진 가시를 눌러보며, 흉했던 것들을 움켜잡고

웃음 지었을 이들이었다.
그가 그곳에 앉아 자줏빛 판으로부터
있음의 윤곽들과 그 발현들, 그 법칙의 음절들을 읽고 있었을 때:

신비한 신학: 지금 있음에서 존재로

만듦, 지음. 글이 된 문자들, 예지의 구절들,

이들은 유령들 귓속, 여위고 사그라든 마음속에서
있는 그대로의 사물들의 빛깔과 모양과 크기를 지니게 되어
유령들에게 부족했던 사물들의 느낌을 전해줄 것이었다. (CP 423–24)

　"만듦"이나 "지음"을 뜻하는 "시"가 "지금 있음"의 법칙이라는 것은, 지금 있음의 윤곽을 그려내는 과정에 크고 붉은 사람의 감각과 마음, 상상력과 같은 "시"가 개입되고 있음을 뜻할 것이다. 지금 있음에 대하여 "표현들"(expressions)이 아니라 "발현들"(expressings)이라 한 것은, 스티븐스의 생각에 사람이 "지금 있음"에 표현을 부여하는 것이 아니라, 시의 형상화 과정을 통하여 "지금 있는 것"이 밖으로(ex) 윤곽을 밀쳐내기(press) 때문이기도 하다. 크고 붉은 사람이 읽어 내는 것은, 지금 살아 있는(being) 것의 윤곽이기에, 이를 듣고 있는 유령들의 귓속에서 "사물들 본래의 색깔과 모양과 크기, 그리고 그들의 느낌"으로 되살아남으로써, 시들고 흉했던 유령들의 마음에 생명과 기쁨을 부여하고 있다. 쿡(Eleanore Cook)은 아담(Adam)의 히브리 어원이 "붉은 땅, 혹은 진흙"이라는 점을 들어, 이 시의 "크고 붉은 사람"이 인류의 조상에 연결되고 있음을 암시하였다(244). 푸른 석판에서 "원리의 음절들"을 읽고 있는 모습은 석판에 한 글자씩 새겨지는 십계명을 읽고 있는 모세도 연상시킨다. 이렇게 볼 때, "푸른 석판"으로부터 "지금 있음"을 읽어내는 "시"는 대지와 사람 사이 원형적 관계의 핵심에 있으며, 죽어 있는 세계의 표면에 보이지 않게 움직이고 있는 생명력을 일깨우는 원리임을 이 시는 암시하

고 있다.

디 피포(Alexander Ferrari Di Pippo)는 하이데거의 『형이상학 입문』 (*An Introduction to Metaphysics*)에 등장하는 "시"(poiesis, poetry)라는 단어가 "철학적 사고"(noein, thinking)뿐 아니라, 주어진 겉모습 배후에 감추어진 존재를 바로 세우는 지식이나 기술을 의미하는 "테크네" (techne)의 개념을 포함하고 있다고 지적하였다(Di Pippo 32). 이로 미루어, 포에시스로서의 시는 현실 표면 아래 감추어진 "존재"의 윤곽과 형상을 드러나게 하여 "지금 있는" 것으로 만드는 생각과 기술을 포함한다고 할 수 있다. 위의 시에서 크고 붉은 사람의 목소리에 담긴 음절들이 문자가 되고, 이들이 예지에 찬 시구들로 이어지는 과정은 바로 시의 의미 창조의 과정일 것이다. 크고 붉은 사람이 푸른 석판을 읽어내는 순간, 푸르던 석판은 보랏빛으로 변하고, "예지에 찬" 시구들로 "지금 있음"의 윤곽이 드러난다. 문자와 시구에 실린 "지금 있음"은 지금 살아 움직이는(being) 것이기에 현실의 사물들은 생명을 얻고, 시든 영혼들로 하여금 잠시나마 "맨발로 현실 속으로 걸어 나오는"(step barefoot into reality) "부활의" 생명을 누리게 한다. 시의 소리와 언어가 죽은 현실에 생명을 부여한다는 것은 성령의 임재, 혹은 성령의 숨결이 죽은 뼈들을 다시 살아 움직이게 했다는 성경의 내용을 환기시킨다. 스티븐스 생각에 시를 짓는 과정은 평범한 현실로부터 지금 이 순간 "있는 것"을 그려냄으로써 현실이 지닌 무한한 생명력과 가능성을 일깨우는 힘을 지닌 것이었다.

"지금 있음"의 윤곽과 발현의 원리가 포에시스, 즉 시라는 선언은 후기 스티븐스의 두 가지 중요한 주제를 말해 준다. 하나는 "지금 있음"

신비한 신학: 지금 있음에서 존재로

을 그려내는 시적 과정을 밝히는 것으로 이를 위해 스티븐스는 많은 후기시와 글들에서 사람의 감각 작용, 의지와 바람을 포함하는 생각과 마음의 움직임, 은유나 이미지, 언어의 작용, 특히 회화의 창작이나 수용의 과정을 살피고 있다. "순간의 있음"(moment's being, CP 427)에 대한 관심은 스티븐스 말년에 이르러 지금 이 순간의 있음을 넘어 여러 순간들의 총체와 이들의 바탕을 이루는 "석판", 즉 삶의 바탕을 떠받치고 있는 "바위"와 대지, 물리적 세계에 대한 인식을 거쳐, 이 모든 것을 있게 하는 궁극적 존재의 탐구라는 두 번째 주제로 확대되고 있다. 이 궁극의 존재는 "뉴 헤이븐의 어느 평범한 저녁"에서 현실의 모든 변화와 변용을 낳는 "하나의 힘"(a force, CP 489)으로, 또는 "비영원으로 구성된 영원" (permanence composed of impermanence, CP 472)으로 묘사되고, 이후 사람의 생각 너머 보이지 않는 더 넓은 공간이나 세계와 우주의 배후가 지닌 어떤 목적으로 암시되고 있다.

　"촌사람"(The Countryman)은 주어진 장소에서 바탕의 "존재"와 더불어 "지금 있는" 사람을 그리고 있다. 이 사람은 지금 깊은 산속 끊임없이 흐르는 강가에 말없이 "있다." "스와터러"(Swatara)는 스티븐스의 펜실베이니아 고향 레딩 인근에 흐르는 강으로, 검은 물빛 때문에, 혹은 그곳에 서식하는 뱀장어들로 인해 "뱀장어, 혹은 뱀장어를 잡는 곳"이라는 인디언 어원을 지닌 강이다. 첫 연과 둘째 연은 한밤중의 정수리에서 옷자락 끝으로 흘러내리는(descending) 스와터러를 윌리엄 블레이크의 "호랑이"를 연상하게 하는 강강격의 운율로 묘사하여, 이 강이 힘 있고 신비스러운 존재임을 암시하고 있다. 첫 연은 강의 시작과 끝을 각각 "모자"(cap)와 "망토"(cape)에 비유하여 강을 의인화하고, 둘째 연은 산들을

87

신비한 신학: 지금 있음에서 존재로

무겁게 매단 채로(산들의 그림자가 강에 드리운 채) 흘러가는 검고 둔탁한 강을 묘사하여, 그것이 어두운 힘을 지닌 것임을 암시한다. 둘째 연의 끝, 운율의 변화와 함께 등장하는 촌사람은 앞의 서정적인 운율로 이루어진 강의 상징적 묘사에서 벗어나, 지금 눈앞에 흐르는 강물의 물리적 핵심, 강의 "검은 움직임"과 "검은 물"만을 생각하고 있다.

> Swatara, Swatara, black river,
> Descending, out of the cap of midnight,
> Toward the cape at which
> You enter the swarthy sea,
>
> Swatara, Swatara, heavy the hills
> Are, hanging above you, as you move,
> Move blackly and without crystal,
> A countryman walks beside you,
>
> He broods of neither cap nor cape,
> But only of your swarthy motion,
> But always of the swarthy water,
> Of which Swatara is the breathing,
>
> The name. He does not speak beside you.
> He is there because he wants to be
> And because being there in the heavy hills

신비한 신학: 지금 있음에서 존재로

And along the moving of the water ——

Being there is being in a place
As of a character everywhere,
The place of a swarthy presence moving,
Slowly, to the look of a swarthy name.

스와터러, 스와터러, 검은 강.
깊은 밤의 모자에서 떨어져 내려
망토 자락으로 흘러 퍼지며
너 거무스레한 바다로 들어가니.

스와터러, 스와터러, 네가 움직여
검은빛으로 둔탁하게 흘러갈 때,
산들이 네 위에 무겁게 드리웠구나.
한 촌사람 네 곁을 걷는다.

그는 모자나 망토는 생각지 않고.
오직 너의 검은 움직임,
검은 물만 항상 생각한다.
스와터러란 이름은 그 검은 물에 불어넣은 숨.

그는 네 곁에서 말하지 않는다.
그는 있고 싶어 그곳에 있다.
첩첩산중 물 흐름을 따라

신비한 신학: 지금 있음에서 존재로

그곳에 있는 것은——

그곳에 있는 것은, 어디서나 한 인물이 그러하듯,
한 장소에 있는 것이기에,
어떤 검은 존재가 검다는 이름의 외양대로
느릿느릿 움직여가는 장소에. (CP 428-29)

이 촌사람에게 중요한 것은 강물의 근원이나 종말, 혹은 그에 대한 문학적 비유들이 아니다. 그는 강물이 어디서 나서 어디로 흐르는지는 생각하지 않으며 단지, 지금 그곳 검은 강물의 흐름과 움직임에 집중하고 있다. 이 부분은 요한복음에서 예수가 성령으로 거듭 난 사람을 묘사하여 "바람이 임의로 불매, 네가 그 소리는 들어도 어디서 와서 어디로 가는지 알지 못하니"라는 구절을 상기시켜, 이 촌사람이 "지금 이 순간"에 충실한 사람임을 암시하고 있다. 그는 그곳에 "있기를 원하여", 말없이 깊은 산중, 강물의 흐름 곁을 걷고 있다. 스와터러라는 이름은 그 장소에 부여된 언어로, 그곳의 검은 존재에 숨을 부여하여 움직여 가게 한다. 이는 앞선 시에서 크고 붉은 사람의 목소리와 언어가 "지금 있는 것"의 윤곽을 드러나게 한 것과 유사하다. 그곳에 흐르고 있는 검은 존재는 이름과 더불어 숨쉬고 살아 움직이는 "지금 있음"을 이루고, 이름이 명한 모습대로 서서히 움직여 흐른다. 이 촌사람과 관련하여 "지금 있음"(being)이라는 단어가 반복하여 쓰이고 있는 점은 주목할 만하다. 촌사람은 구체적 한 장소에 지금 있으면서, 시간의 흐름이나 죽음 같은 어둑한 존재에 거무스레하다는 이름의 숨을 불어넣음으로써 어두운 존재를

신비한 신학: 지금 있음에서 존재로

강물의 흐름으로 가시화하고 있는 것이다. 주어진 장소에서 죽음의 현존을 깨닫고 있다는 점에서 이 촌사람의 "있음"은 하이데거의 현존재(Dasein), 혹은 세계 내적 존재(in-der-Welt-sein)의 영역인 듯 보인다. 하인즈(T. J. Heins)는 이 시골사람을 "상상력"의 상징으로 보고 있지만 (253), 이 사람의 "있음"은 단순한 문학적, 철학적 상징이 아니다. 앞선 시에서 크고 붉은 사람이 석판으로부터 "지금 있음"을 읽어내고 있는 시인의 원형이었다면, 위 시의 촌사람은 크고 붉은 사람 같은 시인의 "지금 있음"이란 어떠한 것인지, 그 존재 양식을 그려내고 있다고 할 수 있다. 시인의 "거기 지금 있음"은, 마치 에덴동산에서 만물들에 이름을 부여하여 의미를 지어내던 아담과 같이, 혹은 진흙으로 빚은 형상에 숨을 불어넣어 아담을 창조한 신과 같이, 언어로써 한 장소에 숨을 불어넣어, 그 장소에 서린 존재를 그 이름으로 살아 움직이게끔 하는 사람임을 말하고 있는 것이다. 스티븐스의 후기시들이 거의 언제나 지상의 구체적 장소에 보이지 않게 서린 존재를 포착하여 그것의 윤곽을 "지금 살아 있는" 것으로 드러내려 한다는 점에서, 그는 "지상의 한 촌사람"이었다고 할 수 있다.

『가을의 오로라들』첫 부분의 시들은 주로 "지금 있음들"을 그려내는 마음의 형상화 과정에 초점을 맞추고 있다. "석관 속의 부엉이"(The Owl in the Sarcophagus)는 스티븐스의 친구였던 헨리 처치(Henry Church)12)의 갑작스러운 죽음을 애도하는 시이지만, 이 시에서 그는 죽

---

12) 헨리 처치는 뉴잉글랜드 출신이나, 유럽에서 교육을 받은 후 아내 바브라 처치 (Babars Church)와 더불어 파리와 뉴욕을 오가며 당대 예술가들을 후원하였다. 당시 파리에서 쟝 폴랑(Jean Paulhan)이 편집하던 『척도들』(Measures) 잡지 편집일을 맡으며 스티븐스에게 시 몇 편을 요청한 것을 계기로 친분을 쌓았다. 스티븐스는 『최

음 앞에서 우리가 보편적으로 그리는 "마음속 있음들"(beings of the mind)을 "드높은 잠"(high sleep), "지고의 평화"(high peace), "작별을 고하는 여성"(she that says good-bye)으로 형상화하여 "현대 죽음의 신화"(the mythology of modern death)를 시도하고 있다. 시의 첫 연은 죽은 자들 사이에 "현재" 움직이고 있는 세 가지 형상들을 언급하고, 이러한 형상들은 우리의 "눈이 필요로 하기에"(These forms are visible to the eye that needs, CP 432), "어둑한 바람"(dark desire)으로부터 생겨난 "생각의 형상들"(the forms of thought, CP 432)이라고 진단한다. 그는 이어 둘째 연에서, 살아서 생각의 형상들 사이를 걸었던 한 사람을 등장시키는데, 이는 스티븐스 생각에 "생각의 삶을 살 자유"(the freedom to live a life of ideas, L 562)를 누렸던 헨리 처치를 염두에 둔 것이라 여겨진다. 살아서 지옥의 군상들을 방문했던 단테처럼, 이 사람 역시 살아서 "멈추어 있으나 되살아나는 시간, 시간보다는 장소, 장소보다는 장소라는 생각 속"에 있는 생각의 형상들 사이를 걸으며, 이 형상들을 그 자체로, 혹은 장차 이들이 잠시나마 가능케 할 "조화로운 기적"으로 이해하려 했다. 스티븐스의 생각에 친구 처치는, 사는 동안, "영면", "안식" 또 "명복" 같은 개념들을 형상화하여, 죽음을 지상의 삶의 연장 속에서 받아들이고, 그로부터 위안을 얻을 수 있을 가능성을 생각하였던 사람이었을 것이다.13) 스티븐스는 이러한 마음의 바람들과 필요들에 분명한 형상을

상의 허구를 위한 노트들』(*Notes toward a Supreme Fiction*)을 처치에게 헌사하였고, 하버드대에 시 석좌 교수직을 만드는 일을 처치와 상의하였으나, 무산되었다.
13) 1947년 스티븐스는 헨리 처치를 회고하여, 그가 40년간 철학을 소설 대신으로 읽는 것 같은 사람이었고, 생각들이 그의 생명의 양식이었으면서도 정작 즐긴 것은 생각에 대한 토론이 아니라, 일상의 대화였던 사람, 복잡하지 않은 것에는 관심이 없었던

신비한 신학: 지금 있음에서 존재로

부여하여 "마음속 있음"들을 담아내는 일이, 죽음과 삶의 "조화로운 기적"을 일으킬 수 있는 시의 중요한 의무라고 헨리 처치와 더불어 생각하였던 것 같다.

There came a day, there was a day—one day
A man walked living among the forms of thought
To see their lustre truly as it is

And in harmonious prodigy to be,
A while, conceiving his passage as into a time
That of itself stood still, perennial,

Less time than place, less place than thought of place
And, if of substance, a likeness of the earth,
That by resemblance twanged him through and through,

Releasing an abysmal melody,
A meeting, an emerging in the light,
A dazzle of remembrance and of sight.

어느 날이 되었다. 어느 날이었다—그날
한 사람이 생각 형상들 사이를
살아 걸으며 이 형상들의 광채를 진정 지금 있는 그대로,

단순한 사람이라고 묘사하여 처치가 사변적 특성과 일상성의 양면을 지닌 복잡한 사람임을 지적하였다(L 570).

또 앞으로 잠시 있을 조화로운 기적 속에서 보려 했다.
어떤 시간 속으로, 자체는 정지되었으나,
되살아나는 시간, 시간보다 공간, 공간보다 공간에 대한 생각

속으로 가는 여정이라 여기면서.
만일 실체가 있어, 지상과의 유사함이 있다면
그 유사함이 울림에 울림을 울려,

심오한 어떤 선율, 어떤 만남,
빛 속에 어떤 나타남,
기억과 광경의 현란을 풀어내리라 여기면서. (CP 432-33)

　둘째 연의 이 주인공은 뒤이은 세 연들을 통해 앞서 말한 죽음의
세 가지 형상의 세부를 자세히 그려 보이는데, 이 모든 것은 어떤 "정지
된 시간, 그러나 되살아나는 시간이자 공간이자 공간에 대한 생각" 속에
서 일어나기에 마치 요한계시록에 등장하는 종교적 환영들(vision)에 흡
사한 모순어법으로 강렬하게 제시된다. 드높은 잠은 "광채 나는 소요들
이 잦아드는 한가운데 / 거리감으로 채색되어 / 밤낮으로 움직이는 산들
처럼 / 여러 연한 겹으로 접히는 흰색"으로; 지고의 평화는 "그 높이와
빔이 찬란함으로 고요하게 되고, / 그 밝음은 순전한 위안이 끓어오르는
길을 불태우며"; 작별을 고하는 여성은 "망각의 모서리에서 / 그녀가 지
닌 앎으로 격해져 / 만들어진 것임에도, 슬픈 광휘 속에 움직이며", "소
매 없이 던져져 / 밖을 향해 움직이며, 마지막 한마디 이후 침묵 속에서
/ 붉어지며 시야에서 녹아 사라진다"(CP 433-35).

생각의 형상들을 자세히 살핀 여정 후, 마지막 연은 다름 아닌 우리의 "마음"에 주목한다. 죽음 앞에서 인류의 마음은 오랜 기간 동안 "생각의 형상들"을 지어내고 그들로부터 삶과 죽음을 조화로이 이해하려 해왔다. 그리스 신화를 비롯, 모든 종교가 이를 시도해 왔다고 할 수 있는데 스티븐스가 주목한 것은 마음속 바람을 형상화하여 "있음들"을 만들어내는 시적 상상력이었다.

> This is the mythology of modern death
> And these, in their mufflings, monsters of elegy,
> Of their own marvel made, of pity made,
>
> Compounded and compounded, life by life,
> These are death's own supremest images,
> The pure perfections of parental space,
>
> The children of a desire that is the will,
> Even of death, the beings of the mind,
> In the light-bound space of the mind, the floreate flare…
>
> It is a child that sings itself to sleep,
> The mind, among the creatures that it makes,
> The people, those by which it lives and dies.

이것이 현대 죽음의 신화

이들은, 그 소리 죽인, 애가의 괴물들,
그들 자신의 경이로, 연민으로 지어져

삶에서 삶으로 덧붙여지고 덧 지어진다.
이들은 죽음 특유의 최고의 이미지들,
시원의 공간의 순수한 완성품들,

죽음에 대해서 조차 의지인 바람의 자식들,
마음이 지은 지금 있음들
빛 둘러싸인 마음의 공간, 영원한 불꽃 속
[지금 있음들] …

마음은, 노래로 스스로를 잠재우는 어린아이,
자신이 만든 형체들, 사람들 사이에서
이들에 의지하여 살고 또 죽는다. (CP 435–36)

　　"석관 속의 부엉이"가 "드높은 잠", "지고의 평화", "작별을 고하는
여성"이라는 마음속 "지금 있음들"을 그려내어 "현대 죽음의 신화"를 시
도하였다면, "하나의 천구 같은 어떤 원시인"(A Primitive like an Orb)은
"사물들의 중심에 필수적인 시"(The essential poem at the centre of
things)의 "지금 있음"에 주목한다. "현대 죽음의 신화"가 있어 죽음과 사
별의 고통을 순화시켰듯, 세계와 사물에 대한 인식의 근원에 "중심의
시"(the central poem, CP 441)가 있어, "쇠로 주조된 딱딱한 삶을 좋은
것으로 가득 채우고" 있다는 것이다. 중심의 시는 구체적인 시가 아니라,

신비한 신학: 지금 있음에서 존재로

순간적으로 인지되는 하나의 "허상"(an illusion), 즉 하나의 추상적 개념인데, "연인, 신자, 시인들의 군소 시들"이 총체적으로 이루고 있는 "전체의 시"로, 세계의 바탕을 이루고 있다. 신화, 과학, 종교에서 제시하는 세계에 대한 모든 가설과 설명들은 그 바탕에 상상력의 개입으로서의 지각 작용(apperception)인 시를 지니고 있다고 할 수 있다. 이러한 시적 "채움"(gorging)은 어렵고도 신비로운 과정을 통해 이루어진다. 그것은 스티븐스의 비유를 빌려, "삶의 핵심에 든 금으로, 재빠른 눈썰미의 요정에 의해 행운으로 발견되며, 여린 대기 속 보일 듯 말 듯한 수호신들에 의해 사용되고, 또 재사용되는" 것이다. 사물과 세계의 근원과 바탕을 마련하는 "필수적인 시"의 "지금 있음"은 "연인들, 신자들, 시인들이 쓰는" 모든 구체적인 시들을 통해 드러나는 추상의 개념이기에 증명될 수는 없지만, 말하는 한순간, "급격한 숨결이 움직여", 그 "한순간의 있음"을 포획하여, 넓히면 "있었던 것"이 된다.

> We do not prove the existence of the poem.
> It is something seen and known in lesser poems.
> It is the huge, high harmony that sounds
> A little and a little, suddenly,
> By means of a separate sense. It is and it
> Is not and, therefore, is. In the instant of speech,
> The breadth of an accelerando moves,
> Captives the being, widens—and was there.

우리는 그 시의 존재를 증명하지 않는다.

신비한 신학: 지금 있음에서 존재로

그것은 작은 시들에서 볼 수 있고 알 수 있는 어떤 것이다.

그것은 조금씩 조금씩 들리다,

별개의 감각으로 갑자기 들리는

거대하고 드높은 화음이다. 그것은 있다가

없어지고, 그러기에 있다. 말하는 그 순간,

점점 빠른 것의 숨이 움직여,

지금 있음을 잡아채어 넓게 펼친다. ─ 그러면 거기 있었던 것이다. (CP 440)

스티븐스는 이어 중심의 시를 지상의 삶을 에워싼 하나의 천구(an orb)로, 또 이 천구의 지평선 상을 움직이는 원시인 같은 한 거인(a giant)으로 투사한다. 총체적인 시, 시적 작용은 눈에 보이지 않는 추상 개념이기에 이 거인은 대기의 골격(the skeleton of the ether)을 지니며, 아무것도 아닌 거인(the giant of nothingness)이다. 이 거인이 원시인인 것은 아주 오래전부터 그가 "부모(근원)의 위엄"(parental magnitude)를 지니고 삶의 근원을 지탱해주고 있기 때문이다. 스티븐스는 "연인, 신자, 시인"들의 "편지들, 예언들, 인식들, 색 / 덩어리들의 / 총체"(the total / Of letters, prophesies, perceptions, clods / Of color, CP 443)가 보이지 않는 거인의 입자를 구성하고, 다양한 형태로 거인과 함께 "살고 변화해 가고 있다"라고 관찰하였다.

"퇴색으로서의 은유"(Metaphor as Degeneration)는 제목과는 반대로, 죽음이나 상상력 같은 추상적 개념들, 심지어는 삶 전체의 흐름도 이미지와 소리 같은 "은유"를 통해서 "지금 있는" 것으로 탄생한다고 말한다. 지속되는 삶의 흐름 전체는 한 개체의 죽음과 그 너머 영속되는 삶

신비한 신학: 지금 있음에서 존재로

을 상상함으로써 지금 여기 살아 있는 것이 된다. 스티븐스는 이 시의 첫 세 연에서 이미지들과 소리들을 사용하여, "지금 있음"(being)은 "죽음과 상상력을 포함한다"라는 명제를 증명하고 있다. 초록 숲 속에 대리석처럼 차갑고 하얗게 앉아 죽음의 이미지들과 단어들에 대해 생각하는 사람이 있다고 하면, 우리는 죽음을 "지금 있는 것"으로 그려보게 된다. 반면, 우리가 알지 못하는 검은 장소에 앉아 흐르는 강물 소리에 귀를 기울이는 사람이 있다면, 우리는 상상력을 동원하여 그 사람과 그가 있는 장소, 또 강물 소리를 체험하게 되므로 상상력 또한 "지금 있게" 된다. 뿐만 아니라, 끊임없이 변화하며 지속되는 삶의 세계는 펜실베이니아 레딩의 "스와터러"라는 구체적 강물의 흐름에 빗대어 우리 마음속에 지금 있게 된다. 은유는 이미지와 소리, 경험 가능한 구체적 현실의 사물들을 통하여, 현실에 존재하지 않는 것들을 지금, 여기 살아 있게 하는 수단인 것이다.

> If there is a man white as marble
> Sits in a wood, in the greenest part,
> Brooding sounds of the images of death,
>
> So there is a man in black space
> Sits in nothing that we know,
> Brooding sounds of river noises;
>
> And these images, these reverberations,
> And others, make certain how being

신비한 신학: 지금 있음에서 존재로

Includes death and the imagination.

대리석처럼 흰 어떤 사람이
숲 속 짙은 초록빛 속에 앉아
죽음 이미지들의 소리들을 생각하고 있다 하면

검은 공간
우리가 알지 못하는 곳에 앉아
강물 흐르는 소리를 생각하는 사람도 있다.

이들 이미지들, 이들 반향들과,
다른 것들은 확실하게 해준다. 지금 있음이
어떻게 죽음과 상상력을 포함하는지를. (CP 444)

이미지들, 은유 속 사람들은 실제의 사람들이 아니므로 그대로 남아 있고 변화하지 않는다. 또한 상상 속 검은 곳의 사람이 듣고 있었던 강물 소리는 실제의 강이 아니기에, "지구를 돌아, 하늘을 통해, 전 우주 공간 속으로 휘몰아가는" "강도 되고, 부풀린 광채, 혹은 대기, 혹은 땅도 없고 물도 없는 바다"같이 확대된 은유로 삶 전체의 모습을 투사할 수 있다. 삶의 흐름을 무한히 다양한 "지금 있음"으로 그려내기에, 은유는 플라톤이 말한 것과는 달리, 사물의 "퇴색"(degeneration)이 아니라, 사물과 현상들을 다양한 모습으로 "다시 탄생"시키는(regenerate) 수단이다. 잘 알려진 대로 은유는 감각적으로 체험되는 사물들을 빌려 그것을 넘어서는 보이지 않는 전체를 환기시키는 역할을 하기에, 물질

신비한 신학: 지금 있음에서 존재로

(substance)로서의 현실이 미묘함(subtlety)의 현실로 바뀌는 지점에 있다. 마지막 연에서 강둑 가득한 "검은 제비꽃들"과 흐르는 강가 "기억의 이끼들이 남기는 초록빛"은 삶의 흐름을 "지금 있는 것"으로 그려 보이는 또 다른 훌륭한 은유들이다. 흐르는 물에 비유된 삶은 무수한 죽음들(강둑 가득한 검은 제비꽃들)로 점철되어 흘러가지만, 앞선 삶들에 대한 기억과 이해는 그들의 삶의 자취를 강둑 위에 초록빛 이끼로 펼쳐 놓는 것이다.

> Here the black violets grow down to its banks
> And the memorial mosses hang their green
> Upon it, as it flows ahead.

> 여기선 검은 제비꽃들이 강둑 아래까지 자라고
> 강물이 흘러갈 때
> 기억의 이끼들은 그 초록빛을 강둑 위에 펼쳐 놓는다. (CP 445)

"작은 소녀"(Puella Parvula)는 한 시대의 끝, 격변기에 평정을 잃은 이성(mind)을 다스리는 "담대한 주군"(the dauntless master)으로서의 상상력을 그려 내고 있다. 전성기 여름의 직조물이 다 해어지는 거대한 폭풍의 소란 속에서 광기 어린 여자(wild bitch) 같은 이성(mind)에게 상상력은 "소녀"가 되라고 호령하고, "불길과 소리와 분노"를 평정한다. 이 시의 라틴어 제목은 영어로 "작은 소녀"(little girl)를 의미하는데, 예수가 죽은 소녀를 일으키며 한 말, "탈리타 쿰"(Little girl, get up)[14]을 상기시킨다. 예수는 작은 소녀에게 죽음을 떨치고 "일어나라" 했던 반면, 이 시의 상상력은 혼돈에 빠진 이성에게 "작은 소녀가 되어 잠잠하고, 창문에 평화(pax)라는 단어를 쓰라"라고 명령한다는 점에서, 스티븐스는 상상력에 성경과 예수에 비견될 권위를 부여한다. 상상력은 "높은 곳의 호산나, 혹은 높은 곳의 영광"(Gloria or Hosanna in exelsis) 대신 "높은 곳의 종합"(Summarium in exelsis)의 찬송을 시작하여 신이 아닌 "사람의 이야기"를 시작하는 것이다. 첫 연에서 아프리카와 같은 거대한 대륙이 한 마리의 애벌레(caterpillar, 불도저를 의미할 수도 있다)에 의해 잠식되고, 거대한 지브롤터 바위가 바람에 침으로 녹아든다는 것으로 미루어, 아마도 2차 대전과 같은 전쟁과, 그 이후 가속화된 산업 기계문명 속에서 원시적 자연과 평화, 그리고 이전의 질서들이 큰 소란 속에 파괴되고 있음을 짐작할 수 있겠다. 코끼리와 피 묻힌 사자가 으르렁대며 날뛰고, 광풍으로 거대한 파도가 일고, 나무들이 휘청이는 무질서 속에서, 상상력은 마치 바다의 광풍을 진정시켰던 예수와 같이, 평정을 잃은 이성(mind)에게 마음속에서 잠잠하라고 호령한다. 스티븐스는 이 시를 통하여, 이성과 신 중심의 세계관이 상상력과 인간적인 통합의 질서로 전환될 것을 예고하고 있다 하겠다. 그는 성령이나 말씀의 육화로서의 종교적 "지금 있음" 대신, 시와 상상력의 "지금 있음"을 통하여, 인간적 차원에서의 "최고의 통합"을 추구하였다.

　　시, 죽음, 상상력, 더 나아가 삶의 총체와 같은 추상적 개념을 "지금 있는 것으로" 표현하는 은유가 시적 장치로만 의미를 지니는 것은 아니다. 한 편의 그림, 음악, 춤이나 문학 작품 등 모든 예술 활동, 또 사회적

14) 마가복음 5:41

제도와 의식은 삶을 위한 모종의 은유와 상징이라 할 수 있는데, 이러한 은유와 상징은 허구의 경계를 넘어 삶의 현실에 "살아 움직이며" 막강한 영향력을 행사하기도 한다. 한 시대의 스타일로부터 대중문화의 유행과 흥행에 이르기까지, 사실 은유와 상징은 삶의 현실을 움직여 가는 깊은 동인 중 하나일 것이다. 한 편의 소설도 삶에 대한 하나의 은유라 할 수 있지만, 깊은 공감이 있는 경우, 그것은 자아와 삶의 현실을 "소설과 같이" 이해하고 변형시키는 보이지 않는 동인이 된다.

    "소설"(Novel)은 한 편의 소설에 대한 깊은 이해와 공감이, 그 허구성에도 불구하고, 삶의 현실을 그대로 변화시키는 "살아 있는 있음"으로 작용함을 그리고 있다. 이 시의 첫 부분은 자신의 현실을 소설대로 바꾸고 더 나아가 자아와 현실을 망각하는 결과를 낳게 될 것을 염려하는 한 어머니의 편지를 인용하고 있다. 쿠바인 어머니는 파리로 유학을 떠나는 아들 호세를 만류한다. 어머니는 특히 소설의 허구에 빠져 아들이 현실 감각, 당장의 추위나 자신, 또 자신이 속했던 쿠바의 현실을 잊게 될 것이 염려되는 것이다. 카뮈의 소설에 매료되어 파리의 추운 호텔 방 침대에서 밤늦게 검은 장갑을 낀 채 책을 읽던 아르헨티나 작가를 거론하며, 어머니는 아들에게 부디 멀리하기를 당부한다. 시는 뒤이어 늦은 밤 소설을 읽고 있는 아르헨티나 작가에게 일어나고 있는 현상을 묘사한다. "생각 속의 고요함" 속에서 난롯불은 "소설이 가르친 대로" 타오르며, 거울은 "허공으로부터 밝게 타오르는 숨을 들이켜 유리의 밝은 빛을 난롯불에 불어넣고", 방 안 의자들도 소설의 스타일대로 배열되어 있다. 소설의 허구는, 아르헨티나 작가의 마음 안에 "숨어 살아 움직이는" 현실이 된 것인데, 이 묘사는 마치 꿈과 현실이 도착된 상태 같기도 하고, 혹은

103

기독교에서 말하듯, 보이지 않게 역사하는 성령의 움직임과도 흡사하다. 소설 내용에 대한 공감 내지 동일화를 일으킨 그의 상상력은 그로 하여금 소설의 비현실을 실제 현실 속에 살아 "움직이고 있는" 것으로 착각하게 만드는 힘을 지닌 것이다.

But here tranquillity is what one thinks.
The fire burns as the novel taught it how.

The mirror melts and moulds itself and moves
And catches from nowhere brightly—burning breath.
It blows a glassy brightness on the fire

And makes flame flame and makes it bite the wood
And bite the hard—bite, barking as it bites.
The arrangement of the chairs is so and so.

Not as one would have arranged them for oneself,
But in the style of the novel, its tracing
Of an unfamiliar in the familiar room.

A retrato that is strong because it is like,
A second that grows first, a black unreal
In which a real lies hidden and alive.

그러나 여기서[파리에서] 고요함은 생각일 뿐.
화롯불은 소설이 가르쳐 준 방식으로 타오른다.

거울은 녹아 스스로의 형체를 짓고 움직여
허공으로부터 밝게 타오르는 숨을 고른다.
그것은 유리의 밝음을 화롯불에 불어넣어

불꽃이 타오르며 장작으로 타들어가
단단히 물고는, 타들어가며 으르렁거리게 한다.
의자들은 이리저리 늘어서 있는데,

그가 스스로 정렬했을 방식이 아니라
소설의 스타일대로 되어, 친숙한 방에
낯선 것의 자취를 드리운다.

흡사하기에 강력한 묘사,
첫 번째가 된 둘째, 그 안에 어떤 현실이
숨겨져 살아 있는 검은 비현실. (CP 458)

  소설의 비현실에 압도당한 이 아르헨티나 작가는 보통 사람이 보기
에 이상한 사람이다. 그에게 살아 움직이는 현실은, 작품 속 허구와 그
의 마음속 생각들이 이룬 비현실이라는 점에서, 소설에서 느낀 두려움이
자신의 혈관 속, 무거운 맥박으로 "지금" 뛰고 있기에, 또 책 속 작가의
깨달음을 자신의 것으로 체화하고 있다는 점에서 기이하다.

. . . It is odd about

That Argentine. Only the real can be

Unreal today, be hidden and alive.

It is odd, too, how that Argentine is oneself,

Feeling the fear that creeps beneath the wool,

Lies on the breast and pierces into the heart,

Straight from the Arcadian imagination,

Its being beating heavily in the veins,

Its knowledge cold within one as one's own;

. . . 저 아르헨티나 사람은

이상하다. 실제만이 오늘은

비실제가 되고, 숨은 채 살아있을 수 있다.

저 아르헨티나 사람이 어찌 그 자신인지도 이상하다.

이상(理想)을 그리는 상상력에서 곧장 나와

털이불 밑으로 기어들어

가슴에 얹혀 심장을 후비는 두려움을 느끼며

그 지금 있음이 혈관들 안에서 무겁게 맥박 치고,

한 사람 안, 차갑게 식어 있는 그 깨달음을 자신의 것으로 느끼면서.

(CP 458-59)

신비한 신학: 지금 있음에서 존재로

소설의 내용은 마치 우리 것처럼 이해되고, 우리는 그러한 이해에 전율한다. 어떤 경우, 무엇을 안다는 것은 "지나치게 잘 보아"(그 내용에 경도되어) 허구를 실제로 착각하는 치명적 사태에 이를 수 있기 때문이다. 상상력의 "지금 있음"은 사물과 세계를 잘 이해하게도 하지만, 지나치게 경직될 경우, 치명적인 오류를 낳을 수도 있는 것이다.

> And one trembles to be so understood and, at last,
> To understand, as if to know became
> The fatality of seeing things too well.

> 그렇게 이해되고, 또 궁극적으로
> 이해하는 것에 우리는 전율한다. 안다는 것이
> 사태를 너무 잘 그려보는 숙명이 되는 듯이. (CP 459)

비현실의 요소가 우리의 현실 인식에 "살아 움직이며" 깊이 관여하고 있기에, 현실을 정확히 이해하는 것, 현실로부터 "잘못된 지금 있음들"을 정화(purge)하는 것은 스티븐스에게 매우 중요한 일이었던 것 같다. 『가을의 오로라들』 이후 스티븐스의 시적 관심 중의 하나는 "지금 있음"을 드러내는 일로, 그것은 현실의 바탕에서 보이지 않게 작용하고 있는 "비현실"의 요소를 조명하고, 이 비현실을 현실에 비추어 정직하고 정확한 진실로 살아 있게 하는 일이었다. 초기의 작업은 사람의 생각과 마음속에서 움직이고 있는 상상력, 혹은 상상력이 이루어내는 시적 은유와 상징의 역할을 밝히는 일이었고, 이는 점차 삶의 현실에 작용하고 있는 상상력의 역할을 조명하는 것으로 확대된다. 그는 "가치로서의 상상력"(Imagination as Value)이라는 글에서, 사회 형식과 제도의 형태로 우리 삶의 모든 국면에 보이지 않게 깊이 "침투"(penetrate, NA 146)되어 있는 상상력에 주목하여 그것이 "형이상학으로서의 가치"(its[imagination's] value as metaphysics, NA 146)를 지님을 역설하였다.

삶이나 사물들은 우리가, 혹은 다른 이들이 부여한 의미 속에 "있게" 되는데, 이러한 의미는 실제 사물에 대한 하나의 은유이자 상징이라 할 수 있다. 사람의 이름, 사물에 대한 명칭, 사건에 대한 설명과 해석, 모두는 실제에 대한 하나의 은유이자 상징이다. 달리 말하여 사물은 은유나 상징의 형태로 "지금 있는" 것이 되는데, "지금 있게"된 사물의 의미는 순간마다, 사람마다, 시대마다 다양한 가능성 속에 있다. 꽃다발은 축하 또는 애도 등, 여러 계기마다 특별한 의미를 담는 상징물의 대표적인 예이다. "꽃다발"(The Bouquet)은 꽃다발을 만든 사람이나, 그림으로 그린 사람들, 더 나아가 그것을 바라보는 사람들의 "현재" 해석 속에서 그것이 하나의 은유나 상징으로 "있게" 된다는 사실을 말한다. 그것은 "생각 사람들"(meta-men)의 생각과 시각이 더해진 "준 사물들"(para things)로, 실제의 꽃들에 비해 "중간의 성질"(of medium nature)을 지니는 인공물(artifice)로 존재한다. 꽃다발의 의미는 그것을 바라보는 사람의 마음속에 번개처럼 순간적으로 명멸하는 은유적 의미 속에 존재한다.

> The bouquet stands in a jar, as metaphor,
> As lightning itself is, likewise, metaphor
> Crowded with apparitions suddenly gone

신비한 신학: 지금 있음에서 존재로

And no less suddenly here again, a growth
Of the reality of the eye, an artifice,
Nothing much, a flitter that reflects itself.

꽃다발은 꽃병 안에 은유로 서 있다.
번개 그 자체가 같은 방식으로 은유이듯
갑자기 사라졌다 또 아닌 듯

여기 다시 있는 환영들로 북적이는 은유,
눈이 본 현실이 자란 것, 인공물,
별 대단한 것은 아니나, 스스로를 비추는 펄럭임. (CP 448)

꽃다발의 의미는 지금 이 순간 그것을 바라보며 생각하는 사람들에게 "사로잡혀, 꿰뚫려, 잘 / 인지된"(transfixed, transpierced and well / Perceived, CP 449) 것들이다. 두 번째 연은 꽃다발이 의미를 얻게 되는 과정을 살피고 있다. 그것은 호수와 오리들이 이룬 전체적 배경과 그것이 놓인 붉은 체크무늬 테이블보, 또 특이하게 뒤얽힌 황홀한 꽃다발의 세부에 주의를 기울임으로써 의미를 얻는다고 관찰한다. 결국 꽃다발은 그것을 바라보는 사람들의 생각과 의지에 따라 하나의 상징으로 있게 된다. 꽃다발은 그것이 위치한 시간과 장소의 콘텍스트 속에서, 또 보는 사람들의 각도와 해석에 따라 기이한 모습으로 휘게 되며, 무한히 다양한 의미 속에 있게 된다. 꽃다발의 의미 생성 과정에서 드러나는 것은 사물이 무한한 의미 가능성과 자유 속에 있으며, 시각과 같은 감각과 생각 등 비현실의 작용으로 더욱 분명한 모습을 지닐 수 있다는 사실이다.

신비한 신학: 지금 있음에서 존재로

하나의 상징으로서의 꽃다발이, "실제의 무한 중 인지된 것, 자유의 드러남, 이루어진 실현, 비현실에 의해 더 날카로이 인지된 현실"이라 할 때, 스티븐스는 바탕으로서의 실제(the actual)가 자유롭고 무한히 다양한 해석의 가능성을 지닌 것이라는 사실을 인식하고 있다.

> The rose, the delphinium, the red, the blue,
> Are questions of the looks they get. The bouquet,
> Regarded by the meta-men, is quirked
>
> And queered by lavishings of their will to see.
> It stands a sovereign of souvenirs
> Neither remembered nor forgotten, nor old,
>
> Nor new, nor in the sense of memory.
> It is a symbol, a sovereign of symbols
> In its interpretations voluble,
>
> Embellished by the quicknesses of sight,
> When in a way of seeing seen, an extreme,
> A sovereign, a souvenir, a sign,
>
> Of today, of this morning, of this afternoon,
> Not yesterday, nor tomorrow, an appanage
> Of indolent summer not quite physical

신비한 신학: 지금 있음에서 존재로

And yet of summer, the petty tones
Its colors make, the migratory daze,
The doubling second things, not mystical,

The infinite of the actual perceived,
A freedom revealed, a realization touched,
The real made more acute by an unreal.

장미, 델피움, 붉음과 푸름은 그들이 얻는
외양들의 문제들이다. 꽃다발은
생각 사람들에게 보이고, 그들의 보려는 의지의

발휘 속에서 뒤틀리고 기이하게 된다.
그것은 여러 기념물들 중 으뜸으로 일어선다.
기억된 것도, 잊힌 것도 아니고, 낡은 것도

새 것도 아니며, 기억이라는 의미에서도 아니다.
그것은 하나의 상징, 풍성한 해석들 속에 있는
여러 상징들 중 으뜸으로,

어떤 하나의 보는 방식으로 보일 때,
시각의 민첩함으로 장식된다. 한 극단,
하나의 주화, 하나의 기념물, 하나의 표식,

어제나 내일의 것이 아닌

오늘, 이 아침, 이 오후의 것,
완전히 실제 여름은 아니나 여름인,

몽롱한 여름의 하사품, 빛깔들이 보이는
여린 색조들, 움직이는 착시,
복제된 두 번째 것들, 신비한 것이 아니고,

실제의 무한이 인지된 것,
자유의 드러남, 손에 닿은 실현
비현실로 더 예리하게 된 현실. (CP 451)

이어 스티븐스는 꽃들의 색깔들이 "근원의 특별한 색조"(a special hue of origin)를 지니고 있어, 그림으로 제작된(facture) 준 사물들 (para-things) 너머 "화병 속 원본들"(the rudiments in the jar)의 "있음"을 비춘다고 관찰한다. 이 근원의 색조는 "꼿꼿한 락스퍼, 삐죽삐죽한 고사리, 변색된 루타"로 이루어진 화병 속 원본들이 마치 "모든 것을 먹고 쉬고 있는 괴물"처럼 꽃다발 뒤에 놓여 있음을 비춘다. 그림이나 시로 묘사된 꽃다발은 "고착하려는 문자, 한 지성, 빛의 파동이 일으키는 프리즘 현상" 속에서 의미를 얻은 존재인 것이다.

They cast deeply round a crystal crystal-white
And pallid bits, that tend to comply with blue,
A right red with its composites glutted full,

신비한 신학: 지금 있음에서 존재로

Like a monster that has everything and rests,
And yet is there, a presence in the way.
They cast closely round the facture of the thing

Turned para-thing, the rudiments in the jar,
The stalk, the weed, the grassy flourishes,
The violent disclosure trimly leafed,

Lean larkspur and jagged fern and rusting rue
In a stubborn literacy, an intelligence,
The prismatic sombreness of a torrent's wave.

그들[색깔들]은 수정 주변에 수정처럼 흰색과
연한 조각들을 깊이 뿌려 놓는다. 푸른빛과,
한껏 부푼 입자들로 꼭 맞는 붉은빛과 어울릴 것들,

마치 모든 것을 지니고 쉬고 있으나 그곳에
있는 괴물같이 가로 걸리는 어떤 존재 주위로.
그 색들은 준 사물이 된 제작물 가까운 주변에

화병 속 원본들을 드러나게 한다.
줄기, 풀, 잎 무성한 풍성함,
정돈된 잎들 달린 격렬한 드러남,

꼿꼿한 락스퍼, 톱니 같은 양치류, 변색된 루타는

신비한 신학: 지금 있음에서 존재로

어려운 문자, 일종의 지성 속에

쏟아지는 광파의 프리즘 같은 엄숙함 속에 (놓여) 있다. (CP 452)

　

사물로부터 읽어낸 이러한 의미는 꽃다발의 경우, 사람들의 생각 속 "준 사물"(para things)로 존재하기에, 의미 있는 한순간이 지나면, 혹은 그것에 관심이 없는 사람에겐 아무 소용이 없는 것일 수 있다. 마지막 연에 등장한 군인은 누군가를 찾고 있기에 테이블 위 꽃다발은 아예 안중에 없다. 그가 테이블에 부딪혀 꽃다발이 바닥에 떨어져도 그는 의식조차 못 하고 떠나버리는 것이다. 그러나 스티븐스는 이제 "지금 있는 것"(being)으로서 은유나 의미, 준 사물들의 생성 과정과 그 모습을 살피는 것에서 더 나아가, "말로 표현되지 않지만"(unversed) "확연히 존재하는"(flatly there) 사물들의 "있음"에 주목한다. 꽃다발의 의미는 "(확고히) 서 있는 외양 전체의 일부"로, 다양한 외양들이 모여 이룬 구름의 금빛 가장자리에 비유되고 있다.

> The rudiments in the jar, farced, finikin,
> Are flatly there, unversed except to be,
> Made difficult by salt fragrance, intricate.
>
> They are not splashings in a penumbra. They stand.
> They are. The bouquet is a part of a dithering:
> Cloud's gold, of a whole appearance that stands and is.

채워져 섬세하게 된 화병 속 원본들은 단연코

거기 있다. 있다는 것 외에 말로 표현됨 없이
알싸한 향기로 어렵고, 난해하게 되어.

그것들은 음영 속 흩어짐들이 아니다. 그들은 서 있다.
그것들은 있다. 꽃다발은 흔들림(미결정체)의 일부,
구름의 금빛. 확고히 서 있는 외양 전체의 일부. (CP 452)

꽃다발의 의미에 대해 생각하면서 스티븐스는 사물의 양면에 주목하고 있다고 할 수 있다. 하나는 은유나 상징을 통하여 의미와 이해를 얻은 "지금 있는"(being) 외양의 꽃다발이고, 다른 하나는 그림의 해석을 거치지 않아 "외양의 전체"인 "화병 속 원물들", 즉 "확고히 서 있는" ([things] that stands and is) 사물의 "있음"(be)이다. 의미가 부여되거나 예술 작품으로 제작된 사물(facture of the thing)에 대해, 화병에 꽂힌 원물들(rudiments in the jar)은 "마치 모든 것을 지닌 채 쉬고 있는 괴물 / 그러나 거기 있어, 가로 걸리는 어떤 존재인 양"(like a monster that has everything and rests / And yet is there, a presence in the way. CP 452), 화가가 부여한 모든 색채들을 받아들이고 있는 "수정체"(a crystal)로 묘사된다.

신비한 신학: 지금 있음에서 존재로

2. 있음과 세계의 존재(Be and the World as Presence)

가을의 오로라들 전반부의 시들이 현실의 표면으로부터 "지금 있음들"의 윤곽을 그려내는 데 집중했다면, 1948년 "꽃다발" 무렵부터 쓴 후반부의 시들은 사물들과 세계의 "있음"을 바탕으로, "지금 있음들"의 의미를 조명하고 있다. 스티븐스는 이후 정물화와 같은 심미적인 영역에서 벗어나, 일상 현실의 다양한 "지금 있음들"로서의 이미지들과 의미들이, 사물과 세계의 있음과 어떻게 연결되는지, 이 모두를 포괄하여 삶에 믿음을 제공할 수 있는 "있는 대로의 현실"(plain reality)은 어떠한 것인지를 탐구한다. 이와 더불어 스티븐스의 시와 글들에는 기독교 성인들의 이름이나 교회, 찬송, 천사, "존재"(presence), "계시"(revelation) 등의 단어들이 등장하는데, 이는 현실의 표면과 그 배후에 대해 그가 종교적인 연관 안에서 생각하고 있음을 말해 준다. 선조들의 신앙생활과 소년 시절 종교적인 가정환경들은 스티븐스에게 지울 수 없는 큰 배경이었고, 이 무렵부터 서신을 교환하기 시작한 아일랜드의 시인 토마스 맥그리비나 시스터 버네타 퀸(Sister Bernetta Quinn)과 같은 신앙인들은 그에게 당대에 의미를 지닐 수 있는 신앙에 대해 깊이 생각하게 하였던 것 같다. 1949년 이후의 스티븐스는 다양한 "지금 있음들"을 통해, 기존의 신이나 세계 전체의 "있음"을 새로 비추어 보려는 시도를 하기에, 기존의 일원적 세계관에 대해, 다원적 세계관을, "세계 너머의 길보다 세계를 통과하는 길"(CP 446)을 제시한다.

"은빛 거울 속의 금빛 여성"(A Golden Woman in a Silver Mirror)은, 기존 기독교에서의 유일한 "아버지" 신 대신, 세계의 바탕에 "연인"

(mistress), 혹은 "가장 아름다운 처녀이자 어머니인 여왕"의 이미지가 있을 가능성을 생각하고 있다. "고향의 옛 루터교회 종들"(The Old Lutheran Bells at Home)에서 스티븐스는 고향 펜실베이니아주 레딩의 옛 루터교회 종소리에서 "요한", "제롬", "프란시스", "마르틴", "후안" 같은 수 세대에 걸친 신앙인들의 이름을 떠올리며, 다양한 이들의 저마다의 신앙이 "거친 신도들을 평안한 낙원으로" 부르는 소리를 듣고 있다. 그는 "종소리에는 분파가 없으나, 종지기들은 자신들만의 구역이 있으며", 종은 종지기에 속하기에, 그들은 힘껏 저마다 발을 굴러 종을 울린다고 관찰한다.

> These are the voices of the pastors calling
> Much rough-end being to smooth Paradise,
> Spreading out fortress walls like fortress wings.
>
> Deep in their sound the stentor Martin sings.
> Dark Juan looks outward through his mystic brow…
> Each sexton has his sect. The bells have none.
>
>   . . .
>
> Each truth is a sect though no bells ring for it.
> And the bells belong to the sextons, after all,
> As they jangle and dangle and kick their feet.

이들[종소리들]은 목사들이 부르는 목소리들,

거친 이들을 평안의 낙원으로 오라고,
요새의 성벽들을 강건한 날개들로 펼치네.

그들 소리 깊이에서 전령 마틴이 노래하고.
검은 후안은 신비로운 눈썹 사이로 앞을 내다보네.
종지기마다 구역이 있으나 종들에는 없지.

         . . .

각 진실은 그를 알리는 종 없이도 하나의 구역,
어쨌든 종들은 종지기들 몫이지,
그들이 뎅그렁 젱그렁 발을 굴러 울릴 때. (CP 461-62)

　"성 요한과 요통"(Saint John and the Back-Ache)은 조금 더 진지하
게 사물들과 세계 자체가 다양한 "지금 있음"들을 가능케 하는 존재
(presence)임을 말하고 있다. 우리의 마음 밖에 있으면서 우리에게 영향
을 미치는 "존재로서의 세계"를 말하는 성 요한에게, 의인화된 "요통"은
마음이야말로 "세상에서 가장 무시무시한 힘"이라고 말한다. 요통이 보
기에, 마음은 죽음 앞에서도 "높은 평화"와 "높은 잠", 또 "작별을 고하는
형상"과 같은 "지금 있음들"(the beings of the mind, CP 436)을 지어내어
스스로를 위로하는 힘을 지녔기에, 우리는 마음에 의존하고 있다는 것이
다. 이 점에서 요통은 유심론자이다. 이에 대해 요한은 힘도, 마음도 아
닌 존재로서의 세계를 말한다.

The Back-Ache

The mind is the terriblest force in the world, father,

Because, in chief, it, only, can defend

Against itself. At its mercy, we depend

Upon it.

Saint John

The world is presence and not force.

Presence is not mind.

요통

신부님, 마음이 세상에서 제일 무서운 힘이어요.

왜냐하면, 무엇보다, 마음만이 스스로에 대해

방어할 수 있으니까요. 마음이 베푸는 대로 저희는 마음에 의존하죠.

성 요한

세계는 존재이지, 힘이 아니다.

존재는 마음이 아니다. (CP 436)

요한은 존재로서의 세계를 "사물이 주는 효과"(the effect of the object)에서 감지할 수 있는 것으로 정의하고, 그것은 생각보다 먼저 "지금 있음"을 채우고 있으며, 마음이 잡을 수 있는 최대의 범위 밖에 있다고 설명한다.[15] 예를 들어 그것은 "바닷빛의 순간적인 변화나 가을로 바

---

15) 이 부분은 앞선 시, "햇빛 속의 장미 꽃다발"(Bouquet of Roses in Sunlight, CP 430-31)에서 장미들 색깔의 "효과"가 오직 우리 감각(sense) 안에서만 실제로 존재한

꿰는 순간"같이 사람 마음 밖에서 일어나는 현상들이지만, "믿을 수 없는 깊이의 인간적인" 것임을 첫눈에 알아볼 수 있는 것이다.

It fills the being before the mind can think.
The effect of the object is beyond the mind's
Extremest pinch and, easily, as in
A sudden color on the sea. But it is not
That big-brushed green. Or in a tragic mode,
As at the moment of the year when, tick,
Autumn howls upon half-naked summer. But
It is not the unravelling of her yellow shift.
Presence is not the woman, come upon,
Not yet accustomed, yet, at sight, humane
To most incredible depths. I speak below
The tension of the lyre.

그것[세계]은 마음이 생각할 수 있기 전, 지금 있음을 채운다.
사물의 영향은 마음이 파악할 수 있는 최대한 너머에 있어,
쉽게는, 바다의 갑작스러운 색깔과도 같다. 하지만
큰 붓자국 초록빛은 아니다. 혹은
비극적으로 말해 본다면, 한 해의 어느 순간,
잠깐 사이, 가을이 반만 걸친 여름 위로

다고("this effect … is not real, except / In our sense of it") 관찰한 것(이 책 p. 48 각주 9 참조)과 다소 차이가 있는 부분이다. 스티븐스는 후기로 갈수록 사람의 감각보다는 세계 자체가 지닌 가능성에 더 무게를 두었던 것 같다.

신비한 신학: 지금 있음에서 존재로

으르렁댈 때와 같다. 하지만 가을의 노란
변조가 번져 펼쳐지는 것은 아니다.
존재는 여성이 아니다. 조우하여
아직 친숙해지지 않았으나,
첫눈에, 믿을 수 없는 깊이로 인간적인 것이다.
나는 현의 긴장 아래[소리 이전]를 말한다. (CP 436-37)

　　요한은 이어 말한다. 이러한 존재는 천사들도 아니고, 천사의 나팔
소리도 아니며, 연주와 함께 찾아든 갑작스러운 행운도 아니라고. 존재
로서의 세계로부터 알 수 없이 찾아드는 이 사물들의 영향은 우리와 사
물들 사이 넘을 수 없는 심연을 메워주는 역할을 하여, 우리가 외적 동
인인 사물의 정체는 알 수 없으나, 그들이 주는 영향에 근거하여 우리의
거처를 마련하게 된다는 것이다. 요한은 이어 이러한 우리의 거처가 지
금은 알려지지 않고, 부정되고 무시되나, 모든 것이 합해지는 어느 계절
이 오면 "우리의 악함과 지혜가 하나로 합쳐진" 뱀을 품게 될 것이며 그
날의 앎에 이르게 될 것이라고 예언하는데, 이는 요한복음이나 고린도전
서의 예언 스타일을 빌려 온 것이다. 하지만 감각의 세계에 묶여 있는
"요통"은 이러한 세계의 존재를 이해하지 못한다. 그에게 존재로서의 세
계와, 그의 설명할 수 없는 영향은 마치 시도 때도 없이 아파오는 요통
처럼 이해가 불가하다.

My point is that
These illustrations are neither angels, no,

Nor brilliant blows thereof, ti-rill-a-roo,
Nor all one's luck at once in a play of strings.

They help us face the dumbfoundering abyss
Between us and the object, external cause,
The little ignorance that is everything,
The possible nest in the invisible tree,
Which in a composite season, now unknown,
Denied, dismissed, may hold a serpent, loud
In our captious hymns, erect and sinuous,
Whose venom and whose wisdom will be one.
Then the stale turtle will grow limp from age.
We shall be heavy with the knowledge of that day.

The Back-Ache
It may be, may be. It is possible.
Presence lies far too deep, for me to know
Its irrational reaction, as from pain.

내 말은
이들 예시들이 천사들도 아니고, 천사들의
빛나는 뚜르르 나팔소리도 아니고, 수금 연주로
대번에 복이 쏟아지는 것도 아니라는 것이다.

그들[예시들]은 우리와 사물, 외부 요인 사이

신비한 신학: 지금 있음에서 존재로

말할 수 없는 심연을 마주하는 데 도움을 준다.
조그만 무지함이 모든 것을 이루어,
보이지 않는 나무속 가능한 둥지, 지금은
알려지지 않아, 부정되고 거부되는 어느
통합의 계절에 그것은 뱀을 치켜들 것이다.
까다로운 찬가로 소란하며, 빳빳이 휘어 감아
그의 독과 그의 지혜는 하나일 것이다.
그때, 힘 잃은 거북은 나이 들어 늘어질 것이고.
우리는 그날의 지식으로 넘치게 될 것이다.

요통
그럴지도, 그럴 수도 있겠군요. 가능하죠.
존재는 너무 깊이 있어, 제가
요통과도 같은 그 비이성적 반응을 알 수 없네요. (CP 437)

이 시에서 스티븐스의 요한은 기독교의 비전의 언어를 빌려, 세속적인 이해와 지혜가 모여 존재로서의 세계에 대한 모종의 앎에 이를 수 있음을 암시하고 있다. 존재로서의 세계는 우리에게 그 모습 전체를 알려주지 않는다. 사물들과 세계와 우리 사이에는 "깊이를 알 수 없는 심연"이 있기 때문이다. 그러나 존재로서의 사물과 세계는 우리 감각에 느낌을 주어 영향(the effect of the object)을 미친다. 우리는 세계의 바탕에 대해 무엇도 알지 못하나, 감각과 느낌에 미치는 사물의 "영향"에 기초하여, 무지함으로부터 "모든 것"을 이루어(The little ignorance that is everything), 보이지 않는 나무에, 가능한 삶의 거처, 즉 "둥지"를 마련한다. 이 나무는 에덴동산의 생명의 나무도 아니고, 그 안 둥지에서 자라 머리를 드는 뱀은 인간적인 "독"과 "지혜"를 함께 지닌 뱀이지만, "때가 이르면" 나이 들어 힘을 잃은 "거북"을 대신하여 당대의 언어로, 존재로서의 세계를 비추는 당대의 "깨달음"을 전할 수 있다고 스티븐스는 생각하였던 것 같다. 고린도전서의 바울은 지금은 거울 속을 들여다보듯이 희미한 진리가 확연히 드러날 그때를 예언하였지만(13:12), 스티븐스는 사물과 세계가 우리에게 미치는 "영향", "효력"을 읽어내어, 존재로서의 세계에 대한 "앎"이 충만해지기를 기대하였던 것 같다. 세계에 대한 우리의 앎의 단초가 우리의 마음이나 감각이 아니라, 세계의 존재와 그에서 파생되는 영향에 있다는 생각은 1950년 이후 스티븐스의 말년으로 갈수록 두드러지는 특성이다.

"질문들은 진술들"(Questions are Remarks)은 두 살 난 스티븐스의 손자 피터가 태양을 가리키며 어머니에게 "저게 무어냐?"(What is that?)고 묻는 것에서 출발한다. 사람은 세계의 존재 앞에서 그것이 무엇인지 알 수 없기에 질문을 발할 수밖에 없다. 하지만 무지에서 나온 그러한 질문이야말로 세계와 사물을 새로이 보는(remark) 출발점으로, 세계를 다시 정의해 갈 하나의 진술(a remark)이라는 점을 말하고 있다. 낯선 세계와 사물들 앞에서 우리는 늘 새로운 질문을 발하고, 세계와 사물들의 영향 속에서 삶의 근거를 마련한다. 우리의 삶은 "말없는 사람과의 끊임없는 대화"(Continual Conversation with a Silent Man, CP 359-60)에 기초하고 있는 것이다. 스티븐스는 새롭고 신선한 질문들과 진술들을 통해, 보이지 않던 세계의 가능성이 새로운 다양함으로 드러나길 기대하였다.

신비한 신학: 지금 있음에서 존재로

"이미지들 연구 I"은 이미지를 통하여 우리가 사물의 "지금 있음에 참여"(participants of its[the object's] being, CP 463)할 수 있음을 말하는 데 반해, "이미지들 연구 II"는 이미지가 성립되는 과정을 조명하여, 어떤 이미지들은 통용되고, 다른 이미지들은 받아들여지지 않음을 관찰하고 있다. 사물들이 지닌 많은 가능성이 가장 적절한 소리와 생각과 결합되어 조화로움을 탄생시키고 다른 사물들에도 비추어 현실을 풍성하게 하는 것 같다고 스티븐스는 조심스레 말한다. 가장 적절한 이미지는 임의로 지어내는 것이 아니라, 이미지들의 중심에 그럴듯하게 어울리는 "지금 있음들"이 있기에, 사물들은 적절한 결합을 기다리고 있다는 것이다. 에즈라 파운드(Ezra Pound)가 이미지를 "한순간의 지적이고 감정적인 복합체"(an intellectual and emotional complex in an instant of time)로 정의하여, 사람의 내부 요소들의 작용에 중점을 두었다면, 스티븐스는 이미지를 사물의 중심으로부터 탄생하는 "조화"(harmony)로 보고, 이러한 이미지들이 삶의 나머지 부분들도 조화롭게 한다고 하여 사물들과 세계 자체에 내재한 구성 원리에 무게를 두고 있다.

The frequency of images of the moon
Is more or less. The pearly women that drop
From heaven and float in air, like animals

Of ether, exceed the excelling witches, whence
They came. But, brown, the ice-bear sleeping in ice-month
In his cave, remains dismissed without a dream,

As if the centre of images had its
Congenial mannequins, alert to please,
Beings of other beings manifold ——

The shadowless moon wholly composed of shade,
Women with other lives in their live hair,
Rose —— women as half-fishes of salt shine,

As if, as if, as if the disparate halves
Of things were waiting in a bethrothal known
To none, awaiting espousal to the sound

Of right joining, a music of ideas, the burning
And breeding and bearing birth of harmony,
The final relation, the marriage of the rest.

달 이미지들의 빈도는 크게 변하지 않는다.
천상에서 떨어져, 마치 투명한 동물인 양,
대기에 떠도는 진주 아롱진 여성들은

그녀들이 태어난 뛰어난 마녀들을 능가한다.
하지만 얼음 달에, 곰 굴에서
동면하는 누런 북극곰은 꿈도 없이 거부된 채 남아 있다.

마치 이미지들의 중심이, 맘에 드는 마네킹들,

신비한 신학: 지금 있음에서 존재로

쾌감을 주려 재빠르며, 수많은 다른 있음들을 겹친
지금 있음들을 지니고 있기라도 한 듯.

온전히 유령으로 지어진 그림자 없는 달,
생기 있는 머리칼에 다른 삶들을 지닌 여인들이
떠오른다 —— 소금 결정체들로 빛나는 인어 같은 여성들,

마치, 마치, 마치 사물들의 동떨어진 반쪽들이
어떤 이에게도 알려지지 않은 결합을 기다려
적절히 맞아 드는 소리, 생각들의 음악과 합하여져

타오르고, 벼르어, 조화로운 어울림,
최종의 관계, 나머지 것들의 결혼을
낳게 되기를 기다리고 있는 듯. (CP 464–65)

　사물의 의미나 이미지를 찾는 것은 사물을 지금 여기 있게 하는 일에 참여하는 일이다. 달에 관하여서도 마녀들이나, 진주 아롱진 여성들 같은 진부한 표현을 새로이 한다고, 겨울잠을 자는 누런 곰의 이미지를 상상하는 것은 달에도, 곰에도 어울리지 않는다. 새로운 의미는 임의로 이루어지는 것이 아니라, 사물과 세계가 지닌 구조 내에서, 여러 가능성 중 가장 새롭고 적합한 것이 어떤 것인지에 대한 탐구를 요구한다. 바닷물에 비친 달이 "소금으로 반짝이는 인어 같은 여성들" 같다고 하면, 반짝이는 달빛과 인어들과 여성들, 바다와 소금 결정체 등이 어우러져 그럴듯한 비유가 되는 것이다. 새로 발견된 이미지와 의미는 달에만 관련

신비한 신학: 지금 있음에서 존재로

된 것이 아니라, 그 언어에 담긴 유려한 소리와 음악, 색채, 또 언어에 담긴 생각들을 통하여, 하늘의 달과 달빛, 밤과 바다, 바다의 흰 소금, 소금 결정체의 빛남, 인어, 아름다운 여성들 등, 세계의 공간과 전설, 여러 다른 사물들이 어우러진 아름다운 조화를 이룬다. 스티븐스는 사물의 새로운 정의, 곧 "지금 있음"은 사물과 현실 세계가 지닌 가능성의 총체, 곧 사물과 세계의 "있음"(be)으로부터 적합한 것으로 발견되어, 주변의 많은 다른 것들에 조화를 줄 수 있어야 한다고 생각하였다. 이것은 단지 이미지나 사물의 의미를 새롭게 하는 일에만 국한된 것이 아니라, 현실 삶에서의 의미들, 제도들, 이론들, 또 가장 근원적으로는 현실이 무엇인가를 재정립하는 문제에도 적용되는 것이다. 특히 2차 대전 이후 급변하던 현실에서 스티븐스는 당대의 예술가들이 기존의 추상에서 벗어나, 새로운 현실을 발견해 가야 한다고 생각하였다(L 593). "뉴 헤이븐의 어느 평범한 저녁"(An Ordinary Evening in New Haven)은 예일대에 모인 지식인들과 함께 당시의 뉴 헤이븐의 일상으로부터 어떤 새로운 현실을 어떻게 발견할 수 있을지를 생각해보려는 구체적인 시도였다.

3. 있는 대로의 현실(Plain Reality)
ㅡ "뉴 헤이븐의 어느 평범한 저녁"

"뉴 헤이븐의 어느 평범한 저녁"은 어느 평범한 가을 저녁 바라본 뉴 헤이븐 도시가 무엇으로 이루어져 있는지를 묻는 것으로 시작하여, 시각과 같은 감각을 통하여 경험되는 물리적 건물들과 거리의 배후에 "거룩함과 사랑, 또 사랑이 주는 천상의 안락함을 향한 우리의 바람"이

자리하고 있음을 관찰하고, 지금 있는 대로의 뉴 헤이븐의 현실을 어떻게 규명할지 모색하고 있다. 스티븐스의 생각에 현실은 비현실의 요소를 포함하고 있어, 끝없는 변화의 다양한 가능성 속에서 늘 새롭게 그려지고 읽혀야 하는 것이다. 그는 한 편지에서 자신은 시를 쓸 때 큰 책의 한 페이지를 읽고 있는 이미지를 떠올린다고 하고, 그러한 페이지에서 읽어내야 하는 것은 "정상적인 삶, 평범한 것들의 통찰, 일상 현실과의 화해"라고 적었다(L 642-43).

"뉴 헤이븐의 어느 평범한 저녁"(1949)은 스티븐스가 말한 대로, 구체적 장소의 일상 현실로 돌아가 당대에 적합하고 조화를 가져올 수 있는 "있는 대로의" 현실을 발견하려는 시도로 이해할 수 있다. 스티븐스에게 있는 대로의 현실이란 기독교 세계관이나 현실 이해의 다양한 설명들이 힘을 잃게 되면서 드러난 것이다. 세계와 현실에 대한 믿음이 사라지고 공산주의를 비롯한 여러 이념들이 대립하던 당대에 그는 일상 현실과 그 바탕에 무엇이 있는지를 새로이 탐구하려 했다. 있는 대로의 현실을 규명하는 문제는 뉴 헤이븐과 같은 구체적 장소의 평범한 일상의 문제이면서, 다른 한편으로 그러한 일상의 바탕이 무엇으로, 어떻게 이루어지는지를 조명하는 문제이기도 했다. 어느 경우에나 "있는 대로의 현실"에 대한 스티븐스의 시선은 지각 가능한, 보이는 세계 표면에 머물러 있다. 그는 지각 가능한 세계 너머 추상적이고 "엄중한 실재"(grim reality)가 아니라, 뉴 헤이븐의 실제 거리를 걸어 다니는 일상의 경험 현실을 "엄중하게 보아"(reality grimly seen, CP 475), 그 전체적인 모습을 정직하게 새로 투사하는 것이 당대 시와 예술의 중요한 임무일 거라고 생각하였다. 스티븐스는 "현실의 문제"에 철학적, 혹은 사회적이 아니라,

신비한 신학: 지금 있음에서 존재로

특정 시간과 공간 속, "있는 대로의 현실"과 그 구성을 살피는 구체적인 방식으로 접근하였다.

이 시를 쓸 무렵, 스티븐스는 한 편지에서 당대의 삶이 급격한 변화에도 불구하고, 전례 없이 낡고 기계적으로 되어, 세련의 잠재력을 잃어가고 있다고 진단하고, 당대의 예술, 글들, 정치가 "끔찍한 허구에서 벗어나, 사람들의 현실로 되돌아가야 하는 부담을 안고 있다"라고 적었다 (L 621). 있는 대로의 현실에 대한 그의 관심은 당대 문화, 정치, 사회전반의 추상화와 획일주의에 대한 반성에서 비롯된 것이다. 그가 이 시를 1949년 겨울 코네티컷 예술 과학원 모임에서 읽었던 것은, 이 모임이 속했던 예일대와 뉴 헤이븐의 구체적 삶의 현실을 지탱하고 고양시킬 수 있는 새로운 현실이란 어떤 것인가를, 그곳에 모인 지식인들과 함께 생각해 보려 한 것이다.

뉴 헤이븐은 바다에 면해 있는 항구이기도 하지만, 새로운 천국에 대한 희망으로 토마스 후커(Thomas Hooker), 좀 더 나중엔 존 윈스롭 (John Winthrop) 같은 신학자들이 매사추세츠 식민지로부터 이주하여 새로운 안식처로 계획된 도시였다. 스티븐스는 믿음과 공동체적 비전이 사라진 2차 대전 이후 뉴 헤이븐의 일상 현실에 부합하는 새로운 현실관을 제시함으로써, 공동체의 새로운 기반을 마련하는 것이 시의 중요한 임무라 생각하였던 것 같다. 그에게 눈에 보이는 당대 도시의 모습은 과거 기독교 비전 속 뉴 헤이븐에 비추어, 혹은 하나로 규정하기 어려운 당시 뉴 헤이븐 도시 자체에 대해, "경험의 세속판"(vulgate of experience)이기에, 나날의 경험 속에서, 끝없이 새로 규정될 수 있는 의미를 지닌 것이다. 눈에 보이는 현실이 "경험의 세속판"이라 할 때, 그는

이미 현실의 "있음"(be) 자체가 성경의 히브리어 원본처럼 여러 해석의
가능성 속에 있어 "그 자체가 거인인" 문제적 텍스트임을 인지하고 있다.

> The eye's plain version is a thing apart,
> The vulgate of experience. Of this,
> A few words, an and yet, and yet, and yet ——
>
> As part of the never-ending meditation,
> Part of the question that is a giant himself:
>
> 눈의 평범한 판본은 한 치 떨어진 것,
> 경험의 불가타본. 이에 대해
> 몇 마디, 하나 그리고 또, 그리고 또, 그리고 또 ——
>
> 끝없는 명상의 일부로,
> 그 자체 거인인 질문의 일부. (CP 465)

　　서른한 편의 단상을 통해, 그가 발견한 것은 우리의 온전한 이해를
거부하는 사물들과 물리적 세계가, 바로 그러하기에 무한한 가능성 속에
있으며, 우리의 감각과 마음, 바람을 통하여 늘 새롭고 진실된 것으로 재
창조되어야 하는데, 바로 이러한 노력들이 "지금 여기 있는" 다양한 일상
현실을 지어내고 이어가게 된다는 사실이다. 스티븐스의 생각에 사물들
과 세계의 바탕으로부터 지금 여기의 새로운 의미를 읽어내는 것은 상상
력과 시의 핵심을 이루는 작업이었다(it[poetry] leads to a fresh

conception of the world. L 590). 시와 상상력의 이러한 재창조 과정은 세계의 근원적 있음에 관여하여 진실된 삶의 바탕을 마련하므로 시의 형성 과정과 성격을 규명하고자 하는 시론은 삶의 이론을 구성하며, 종교를 대신할 정신적인 의미를 지니는 것이다.

스티븐스는 48년에서 49년에 걸쳐 아일랜드 출신 토마스 맥그리비와 서신 왕래를 통하여, 아일랜드인들의 종교적 성향을 부러워하면서, 사람들이 보편적으로 갖는 "신성한 것의 향수"(nostaligie du divine, L 596)에 주목하였다. "뉴 헤이븐에서의 어느 평범한 저녁"의 제목에 있는 "뉴 헤이븐"이라는 도시 이름을 비롯, 평범한 현실에 가능한 가까이 가보려는 전편의 기저에 종교적인, 특히 기독교 성경의 이미지나 생각들이 들어 있는 것은, 스티븐스가 현대의 도시 일상 공간에 의미 있는 "신성함"을 추구하고 있었기 때문일 것이다. 동시대 시인 윌리엄 카를로스 윌리엄즈가 장시 "패터슨"(Paterson)을 통하여 뉴저지 도시 패터슨 전체를 하나의 신화적 공간에 놓으려는 시도를 하였듯이, 스티븐스는 도시의 평범한 일상 현실의 단편들로부터, 그 공간의 삶에 축제의 장과 같은, 혹은 영원한 존재의 가슴과 같이 정신적 위안을 줄 수 있는 텍스트를 추구하고 있는 것이다.

A larger poem for a larger audience,

As if the crude collops came together as one,
A mythological form, a festival sphere,
A great bosom, beard and being, alive with age.

보다 큰 규모의 청중들을 위한 보다 넓은 시,

마치 거친 살덩이들이 하나로 모여,
어떤 신화적 형태, 한 축제의 천구, 오랫동안
살아있는 한 위대한 가슴, 수염과 지금 있음을 이룰 듯이. (CP 466)

스티븐스가 이 시에서 시도한 것은 뉴 헤이븐에 대한 "최근의 상상"(a recent imagining of reality, CP 465)인데, 그것은 눈앞에 있는 도시의 집들과 사물들이 무엇으로 이루어지는지(Of what is this house composed if not of the sun / These houses, these difficult objects, CP 465)에 대한 성찰로 시작한다. 그가 발견한 것은 모든 시각의 뒤에 마음속 깊은 "바람"이 자리하고 있다는 사실이었다. 이 바람은 "사랑이 주는 천상의 안락에 대한 바람"(The desire for its[love's] celestial ease in the heart, CP 467)으로, "틀어질 수도 없고 가장 안전하며 소유하지 않는" 초월적인 사랑과 안락함에 대한 바람이다. 그것은 우리 깊이, 또 일상의 어느 곳에나 자리하고 있지만, 고정된 하나로 채워질 수 없기에, 물레판에서 항상 지어지고 있는 도자기에 비유되고 있다.

It is desire, set deep in the eye,
Behind all actual seeing, in the actual scene,
In the street, in a room, on a carpet or a wall,

Always in emptiness that would be filled,
In denial that cannot contain its blood,

신비한 신학: 지금 있음에서 존재로

A porcelain, as yet in the bats thereof.

그것은 눈 속 깊이 자리한 바람,
모든 실제 보는 것, 실제의 광경 뒤에,
거리에서, 방에서, 카펫이나 벽 위에,

언제나 채워져야 할 빔 속에 있고,
그 혈액을 보전하지 못하는 부인(否認) 속에 있어,
하나의 도자이나, 늘 지어지는 물레판들 위에 있다. (CP 467)

　　믿음이 사라진 당대 뉴 헤이븐에서 스티븐스는 "거룩함보다는 거룩함을 향한 의지 / 사랑보다는 사랑을 향한 바람"이 있다고 관찰하였다. 지금 여기의 도시 건물들과 형상들은 "평범한 일상뿐 아니라 / 새로운 세계들의 새로운 아침들에 대한" 생각들을 드러내고 있는 것이다. 스티븐스는 뉴 헤이븐에 대한 새로운 시각 역시, 있는 그대로의 현실에 충실하면서도, "보이는 단단한 것들 이외에 / 움직일 수 있는 것들, (움직여 가는) 순간들 / 축제들과 성인들의 복색의 다가옴 / 천국과 드높은 밤의 대기의 형상"을 포괄하게 된다고 말한다(CP 472). 물리적 도시에 사는 사람의 생각 속에는 옛 "유대의 사자"(the lion of Juda)[16]를 대신하여 뉴 헤이븐의 삶에 위엄을 되찾아 줄 "깊은 형상들"에 대한 생각이 함께 걸어 다니고 있다. 스티븐스의 생각에 이 위엄은 사람의 마음이 지어낸 것이 아니라, "사계절과 열두 달의 드러냄 / 지상의 중심에 있는 찬란함"을

---

16) 구약 성서 이래 유대족을 상징(창세기 49:9), 신약 요한 계시록 5:5에서는 예수를 지칭.

신비한 신학: 지금 있음에서 존재로

가장 정직하게 읽어낸 객관적 "진실"에 있었다.

In the metaphysical streets, the profoundest forms
Go with the walker subtly walking there.
These he destroys with wafts of wakening,

Free from their majesty and yet in need
Of majesty, of an invincible clou,
A minimum of making in the mind,

A verity of the most veracious men,
The propounding of four seasons and twelve months,
The brilliancy at the central of the earth.

형이상의 거리에서, 가장 깊은 형상들은
그곳을 은밀히 걷는 산책자와 함께 걷는다.
그는 깨어남의 바람들로 이 형상들을 파괴한다.

그들의 위엄으로부터 벗어났으나
위엄, 불굴의 핵심을 필요로 한다.
마음의 지어냄은 최소인 것.

가장 진실한 사람들의 진실
사계와 열두 달이 내보이는 것
지상의 중심에 자리한 찬란함을. (CP 473)

"빵 굽는 사람과 정육점 주인의 실제 외침들이 있는 실제 풍경"(CP 475)으로부터 "신선한 영가"(a fresh spiritual, CP 474)를 읽어 내는 작업은, 보이는 세계를 어떻게 묘사할 것인가의 어려운 문제를 지닌 것이다. 스티븐스는 이를 "사물 자체로부터 신을 추구하는" 문제로 규정하고, 사물 배후의 엄중한 실재를 캐서도, 보이는 것들에 무심해서도 안 되고, 현실을 엄중하게 보아 새로운 천상의 언어로 담아낼 것을 주문한다. 물받이에 떨어지는 빗물 소리로부터 배후에 있는 것의 상징을 읽어 내는 것이 아니라, 잘 인식되지 않던 진수를 드러내야 한다는 것이다.

He seeks

God in the object itself, without much choice.
It is a choice of the commodious adjective
For what he sees, it comes in the end to that:

The description that makes it divinity, still speech
As it touches the point of reverberation — not grim
Reality but reality grimly seen

And spoken in paradisal parlance new
And in any case never grim, the human grim
That is part of the indifference of the eye

Indifferent to what it sees. The tink-tonk

Of the rain in the spout is not a substitute.
It is of the essence not yet well perceived.

그는 구한다.

선택의 여지가 많지 않아, 사물 자체에 든 신을.
그것은 그가 보는 것에 의미심장한 형용사를
선택하는 일, 종국에는 다음과 같이 된다:

사물을 신성으로 만드는 묘사이면서,
여음 수준에서도 여전히 언어인 것.
엄중한 실재가 아니라, 엄중히 바라본 현실,

새로운 천상의 말투로 말해져서,
어느 경우에나 경직되지 않은 것, 보는 것에
무덤덤한 눈의 무심함의 일부인

사람의 경직. 홈통을 통통
두드리는 빗물 소리는 대체물이 아니다. 그것은
아직까지 잘 인지되지 않은 정수를 담고 있다. (CP 475)

그의 생각에 "현실을 탐구하는 것은 / 신을 추구하는 것만큼 / 중요하였는데"(The search / For reality is as momentous as / The search for god. CP 481), 그것은 새로이 발견된 현실이, 위로부터 덧씌워지던 종교적 텍스트와는 달리, 현실로부터 생겨난 새로운 정신적 텍스트를 제공할 가능성을 지니기 때문이었다. 이러한 작업은 하나의 정해진 틀로부터 현실을 규명하려 하였던 과거 종교나 철학과는 달리, "차가움"과 "시초", "빛나는 근원"에 대한 일상의 느낌에 근거하여 사물이 지닌 가능성을 탐구하고 재창조하는 일이라고 그는 관찰하였다.

… breathless things broodingly abreath

With the inhalations of original cold
And of original earliness. Yet the sense
Of cold and earliness is a daily sense,

Not the predicate of bright origin.
Creation is not renewed by images
Of lone wanderers. To re-create, to use

The cold and earliness and bright origin
Is to search. Likewise to say of the evening star,
The most ancient light in the most ancient sky,

That it is wholly an inner light, that it shines
From the sleepy bosom of the real, re-creates,
Searches a possible for its possibleness.

신비한 신학: 지금 있음에서 존재로

… 근원의 차가움과 근원의 시초를 들이마셔

깊은 생각으로 숨 쉬는 숨 없는 것들(사물들),
하지만 차가움이나 이르다는 느낌은
일상의 느낌이지,

빛나는 근원을 설명하는 말이 아니다.
창조는 외로운 방랑자들의
이미지들로 새로워지지 않는다. 재창조하는 것,

차가움과 시초와 빛나는 근원을 사용하는 것은
탐구하는 것, 마찬가지로 가장 오랜 하늘
가장 오랜 빛인 저녁 별에 대해서

그것이 전적으로 내적인 빛이며, 잠에 겨운
실제의 가슴으로부터 빛난다고 말하는 것은
재창조하는 것, 가능성이 있기에 가능한 것을 탐색하는 것. (CP 481)

스티븐스가 뉴 헤이븐의 가을 저녁 일상에서 주목한 것은 그 도시의 사회, 정치, 경제의 구체적 세부가 아니었다. 그는 당대 뉴 헤이븐의 공간과 개인의 일상을 포괄하고 조화시켜, 안식처로서의 의미를 새롭게 해줄 "어떤 앎이 어떤 사건으로" 일어났던 순간을 기록하였다(CP 483). 뉴 헤이븐의 새로운 의미와 위안은 지금의 시공을 벗어나지 않으면서, 그곳에 살고 있는 사람들의 일상을 포괄하는 "있는 대로의 현실"에 대한

신비한 신학: 지금 있음에서 존재로

새로운 인식을 필요로 하는 것이다.

There was a clearing, a readiness for first bells,
An opening for outpouring, the hand was raised:
There was a willingness not yet composed,

A knowing that something certain had been proposed,
Which, without the statue, would be new,
An escape from repetition, a happening

In space and the self, that touched them both at once
And alike, a point of the sky or of the earth
Or of a town poised at the horizon's dip.

맑게 걷힘이 있었다. 첫 종소리를 낼 준비.
쏟아부으려는 열림, 손이 들어 올려졌다.
아직 지어지지 않은 뜻함이 있었다.

어떤 확실한 것이 제시되었다는 인식,
동상 없이 새로울 어떤 것,
반복에서 벗어나, 공간과 주체에게 일어난 한 사건,

그 둘에게 일시에 닿아 똑같이
영향을 주는 것, 하늘 혹은 땅 위 한 지점,
혹은 지평선 파인 곳에 서린 한 도시의 지점. (CP 483)

신비한 신학: 지금 있음에서 존재로

조상(the statue)이 나타내던 기존의 이상이 힘을 잃은 후, 당대의 공간과 개인 모두에게 영향을 미칠 새로운 현실 인식은 언제나 삶의 현실에 기반하여 새로 고쳐져야 하며(Life fixed him, wandering on the stair of glass / With its attentive eyes. CP 483), 도시를 에워싼 산이나 만과 같은 원경의 자연환경과, 가까이 있는 흔한 것들(commonplace) 모두를 놓치지 않고 반영하여(CP 484), 사실을 발견해 간다는 데 의미가 있었다. 스티븐스는 현실로부터 새로운 사실을 재발견하는 사람을 "현실의 통치자"(The Ruler of Reality)라 이름하고, "자기 자신이 됨으로써 우리가 아닌 것을 폐지하며, 끝까지 생각해 내어 사실과 더불어 안식을 얻는 데" 그의 사명이 있다고 적었다.

"This man abolishes by being himself
That which is not ourselves: the regalia,
The attributions, the plume and helmet-ho."

Again, "He has thought it out, he thinks it out,
As he has been and is and, with the Queen
Of Fact, lies at his ease beside the sea."

"이 사람[현실의 통치자]은 스스로임으로써
우리가 아닌 것을 폐지한다: 왕위에 관계된 것들,
그 복색들, 깃털과 투구 나부랭이."

이어 쓰길, "그는 살면서 계속 생각해왔고,

지금도 끝까지 생각해 내어, 사실 여왕과 더불어
바닷가에 편안히 누워 있다." (CP 485)

스티븐스는 "뉴 헤이븐" 시의 마지막 네 연에서, "있는 대로의 현실"
의 네 가지 측면을 요약해 제시한다. 사실이란 현실과 비현실이 하나로
합하여 이루어진다는 것이 그 처음 관찰이다. 뉴 헤이븐 도시는 방문하
기 전의 생각들과 방문해서 보고 느낀 것이 합하여 규정된다는 것이다.
모든 현실의 체험에는 우리의 감각과 마음이 개입되어 있기 때문이다.
스티븐스는 이 마음의 개입을 "비현실", 혹은 "시"로 규정하고, 마음이 늘
삶에 관여하기에 시론은 곧 삶의 이론이며, 본 것과 보지 않은 것이 합
하여, 무엇 무엇 같다는 "비유의 정교한 비낌" 속에 우리의 삶이 놓여 있
다고 관찰한다. 천국들과 지옥들, 여러 세계들, 이상향들 모두가 우리 마
음으로부터 지어진 것들이라는 것이다. 뉴 헤이븐 도시의 절반은 과거
퓨리턴들, 예일대 코네티컷 예술과학원에 모인 사람들, 또 이곳에서 이
시를 읽었던 스티븐스에게 마음속 이상적 도시에 대한 그리움이 이루고
있는 것이다.

If it should be true that reality exists
In the mind: ⋯

it follows that
Real and unreal are two in one: New Haven
Before and after one arrives or, say,

신비한 신학: 지금 있음에서 존재로

Bergamo on a postcard, Rome after dark,

Sweden described, Salzburg with shaded eyes

Or Paris in conversation at a cafe.

This endlessly elaborating poem

Displays the theory of poetry,

As the life of poetry. A more severe,

More harassing master would extemporize

Subtler, more urgent proof that the theory

Of poetry is the theory of life,

As it is, in the intricate evasions of as,

In things seen and unseen, created from nothingness,

The heavens, the hells, the worlds, the longed-for lands.

현실이 마음속에 존재한다는 것이

사실이라면: …

다음이 성립한다.

현실과 비현실은 하나 된 둘: 도착하기

전과 후의 뉴 헤이븐, 혹은 예를 들어

그림엽서에 담긴 버가모, 해가 진 후의 로마,

묘사된 스웨덴, 색안경 너머 잘즈브루크,

또는 카페에서 나눈 대화 속 파리.

끝없이 이어지는 이러한 시는
삶의 이론으로서의 시론을 보여준다.
더 엄밀하고, 더 까다로운 대가라면

실제로 시론이 삶의 이론이라는 점에 대해
더 미묘하고, 더 절박한 증명을
바로 내놓으리라.

비유의 정교한 비낌을 사용하여, 무로부터 창조된
보이고 보이지 않는 것들, 천국들,
지옥들, 세계들, 이상향들을 통해. (CP 485-86)

XXIX연에서 제시하는 현실의 두 번째 측면은 새로운 묘사가 새로운 현실을 있게 한다는 사실이다. 레몬 나라로 이주한 느릅나무 나라 선원들의 예화는 과거 뉴 헤이븐에 정착했던 영국 퓨리턴 상인들의 이야기이기도 할 것이다. 뉴 헤이븐은 미국에서 처음으로 공공 식수가 이루어진 도시인데, 여기 심어진 나무들이 대부분 느릅나무들이었다. 거친 느릅나무 선원들이 레몬나무 나라에 도착했을 때, 그들은 "접혀 뒤집힌" 느릅나무 나라에 돌아왔다고 선언하고 현실에 대한 새로운 묘사로, 그곳 촌사람들과 환경, 또 일정했던 모든 것들을 변화시킨다. 느릅나무 나라의 어두운 단어들이 레몬 나라의 노란빛 대기와 레몬들을 새로이 묘사했기 때문이다. 식민지의 건설은 아픈 전쟁의 역사와 더불어, 새로운 언어로 새로운 현실을 부과하는 과정이기도 했다. 스티븐스가 주목한 것은, 현실을 "다시 묘사"하는 것이 새로운 현실의 기반을 이룬다는 사실이다.

When the mariners came to the land of the lemon trees,
At last, in that blond atmosphere, bronzed hard,
They said, "We are back once more in the land of the elm trees,

But folded over, turned round." It was the same,
Except for the adjectives, an alteration
Of words that was a change of nature, more

Than the difference that clouds make over a town.
The countrymen were changed and each constant thing.
Their dark-colored words had redescribed the citrons.

마침내 선원들이 거친 구릿빛으로
금빛 대기 속 레몬 나라에 도착했을 때
그들은 말하였다. "우리는 느릅나무 나라로 다시 돌아왔다.

단지 접혀 회전했을 뿐."
형용사만 다르고 똑같았다. 단어의 변용은
성질의 변화였다. 구름들이 한 도시 위에 짓는

변화보다 더한 변화. 촌사람들은 변했고
일정하던 모든 것이 변했다.

그들 어둔 빛 단어들이 레몬들을 다시 묘사했기에. (CP 487)

현실에 보이지 않는 우리의 마음이 가미되어 있고, 또 그마저도 보는 사람의 묘사에 따라 달라진다고 할 때, 현실은 어떻게 규정될 수 있을까? 스티븐스는 XXX연에서 "있는 대로의 현실"의 매우 중요한 세 번째 측면을 드러내 보인다. 그의 생각에 현실은 불교에서 말하는 "공"도 아니고, 해체주의에서 말하는 알 수 없는 "심연"도 아니다. 늦가을 마지막 잎이 떨어진 후 보이는 "헐벗음"은 "드러냄"(an exposing)으로, "다가오고"(a coming on), "앞으로 나아오는 것"(a coming forth)이라 그는 말한다. 현실을 짓고 있었던 말들과 이미지들이 씻겨 나간 후, "회복된 맑음"은 "수백 개의 눈이, 한 마음 안에서 동시에 보는" "생각의 시야"를 드러낸다. 현실이 수백, 수천 가지 다양한 모습으로, 가능성의 총체로 존재한다는 사실은, 현실과 그 구성에 관한 반성적 생각 속에서 확인되기 때문이다.[17]

마지막 XXXI연에서 스티븐스는 여러 행동과 움직임들이 있는 일상 현실로 시선을 돌려, "있는 대로의 현실"의 네 번째 특성을 투사한다. 그는 미세한 소리, 여린 색조, 중얼거리는 말, 드러나지 않는 내적 자아 등, 일상 현실의 작고 무시되는 세부들로부터, 왕과 대통령들의 흉상과 사진에서 엿보이는 까다로운 주저와 불안들에 이르는 모든 세세한 움직임들을, "궁극 형상"과 "선포된 원리"의 점진적 실현 과정으로 파악한다. 마음속 최고의 이상들의 실현을 위해 어떤 철학자는 피아노에서 조를 옮겨 연주해 보고, 어떤 여성은 썼던 편지를 찢고 다시 쓰며, 저녁노을은 여러

---

17) XXX연의 본문은 앞서(p. 65-66) 인용했기에 생략한다.

신비한 신학: 지금 있음에서 존재로

층위의 보랏빛을 불러일으킨다는 것이다. 스티븐스는 일상 현실의 미세한 행동들과 현상들, 다양한 노력들 자체가 "궁극 형상"이 움직여 실현되는 과정이라 생각하고, "있는 대로의 현실"이란 이 모든 움직임들과 변화를 가로질러 움직여가는 어떤 힘일지도 모른다는 가설을 제기한다.

These are the edgings and inchings of final form,
The swarming activities of the formulae
Of statement, directly and indirectly getting at,

Like an evening evoking the spectrum of violet,
A philosopher practicing scales on his piano,
A woman writing a note and tearing it up.

It is not in the premise that reality
Is a solid. It may be a shade that traverses
A dust, a force that traverses a shade.

이들은 궁극의 형상의 점진적 다가옴,
선언된 법칙들의 몰려오는 움직임들,
직접, 혹은 간접으로 도달한다.

이를테면 보랏빛 스펙트럼을 펼치는 저녁,
피아노로 조를 옮겨 연주해 보는 어느 철학자,
무언가 쓰다 찢어버리는 한 여성처럼.

신비한 신학: 지금 있음에서 존재로

현실이 굳은 것이라는 것은 가설에 없다.

그것은 먼지를 가로지르는 그림자일지도,

그림자를 타고 넘는 하나의 힘일지도 모른다. (CP 488-89)

스티븐스가 "뉴 헤이븐" 시 전체를 통하여 탐구하고 발견한 "있는 대로의 현실"은 우리의 마음이 가미되어 있으며, 묘사에 따라 변화하기에 다양한 가능성의 총체로 존재하면서, 일상의 다양한 움직임과 행동을 통하여 실현되어 가기에, 하나로 굳은 고체일 수가 없었다. 현실이 무엇인가에 대한 탐구가 신에 대한 탐구만큼 중요하다고 했던 스티븐스가 발견한 "있는 대로의 현실"은, 종교나 철학에서 추구하는 초월적, 객관적 실재가 아니라, 우리 감각과 마음, "궁극의 형상"에 대한 바람, 곧 상상력이 가미되어 다양하게 변화하는 구체적 장소의 일상 현실이라는 점에서, 세계 내적이며, 보통의(normal) 삶의 현실이었다. 그는 상상력의 가치를 논한 글에서, 상상력이 비정상적인 것을 다룬다는 통념과 달리, "비정상인 것들 속에서 정상적인 것들, 혼란 속에서 혼란의 반대를 알아보게 하는 힘"임을 역설하였다(the imagination is the power that enables us to perceive the normal in the abnormal, the opposite of the chaos in chaos. NA 153). 우리는 이성에 앞서 이미 상상력이 이룬 "정상적인(통상의) 개념들" 속에 살고 있으며(NA 154), "본능적 통합들"(instinctive integrations, NA 155)이 삶의 근거를 이루고 있다는 것이다. 스티븐스는 삶에서 정상적인 것을 회복하고 인지하게끔 하는 것이 당대 뉴 헤이븐을 비롯, 모든 시대 예술가들의 중요 과제라 생각하고 이 문제의 해결에 상상력이 제공하는 모든 것이 필요하다고 적었다(NA 156). "공원 안에 꽃을 들고 들어오지 말라'라는 비정상적인 푯말에도 불구하고, 고향의 존경하는 장군 동상 앞에 꽃을 들고 들어와 바치는 것이 정상적 사랑과 아름다움의 모습이듯, 상상력의 가치가 부정되는 이성의 시대에도 문학과 상상력의 문전에 여전히 화환이 바쳐지고 찬미되는 것이 "정상적" 삶의 모습이라는 것이다(NA 155-56).

4. 지금 있음들과 있음의 전체(The Whole of Beings and Be) ― "8월의 사물들"과 "바위"

"뉴 헤이븐"의 탐구를 통하여 다양한 모습과 가능성을 지닌 유동체로서의 현실을 감지한 스티븐스는 이후, 당대에 의미 있는 새로운 현실을 발견하기 위해, 본격적으로 "가능성이 있기에 가능한 것을 찾아"(searches a possible for its possibleness. CP 481) 나선 듯 보인다. "지금 있음"(being)과 그 원리로서의 시에 대한 관심이, 삶의 흐름 속 수없이 다양한 "지금 있음"들의 총체적 "있음"과, 이들을 가능케 하는 사물들과 세계의 바탕으로 확대되고 있다.

"가능한 것의 서문들"(Prologues to What is Possible)은 사물과 세계를 정의하는 새로운 방법에 대해 생각하고 있다. 비유나 은유의 매체(vehicle)를 통해 초월적 의미(진리나 존재)를 찾아 홀로 항해하여, 사물의 중심에 이르고, 세간을 뛰어넘는 독자적인 의미에 도달한다는 기존의 프레임은 이제 불가능하다. 자아가 자신을 뛰어넘어 초월적인 의미에 도달한다는 "가설들의 괄호들"(the enclosures of hypotheses), 즉 종교나 신화 체계에 대한 믿음이 이미 사라졌기 때문이다. 세계의 전모와 중심

신비한 신학: 지금 있음에서 존재로

의미를 홀로 알아내는 한 신화적 영웅의 시대는 지난 것이다. 비유를 통하여 현실 너머 사물의 핵심 의미에 닿는다는 기존의 닫힌 의미 탐구 방식에 대해, 스티븐스는 열린 방식의 의미 투사를 대안으로 제시한다. 즉, "색의 다가옴, 관찰되지 않았던 새로운 미세한 떨림" 같은 세계의 작은 변화가 돋운 자아의 "유전된 빛들"로 작은 등불을 밝히고, 그 빛으로 "흔한 보통의 것들" 위에 이름과 특별한 의미를 부여하는 것이다. 이 새로운 의미 탐구 과정은 현실의 구체적 세부로부터 출발하여 전체를 조명한다는 점에서, 현실 세부 자체가 "한 새로운 우주"나 "예기치 않은 장엄함"을 탄생시키고 드러내는 방식과 닮아 있다.

> What self, for example, did he contain that had not yet been loosed,
> Snarling in him for discovery as his attentions spread,
> As if all his hereditary lights were suddenly increased
> By an access of color, a new and unobserved, slight dithering,
> The smallest lamp, which added its puissant flick, to which he gave
> A name and privilege over the ordinary of his commonplace—
>
> A flick which added to what was real and its vocabulary,
> The way some first thing coming into Northern trees
> Adds to them the whole vocabulary of the South,
> The way the earliest single light in the evening sky, in spring,
> Creates a fresh universe out of nothingness by adding itself,
> The way a look or a touch reveals its unexpected magnitudes.

신비한 신학: 지금 있음에서 존재로

예를 들어, 아직 풀려나지 않은 어떤 자아를 그는 지니고 있었던가,
그가 사방을 둘러볼 때, 그의 안에서 발견을 향해 고함치는 자아,
마치 어떤 색의 다가옴, 새롭고, 아직 관찰되지 않은, 가벼운 떨림에 의해
그의 모든 유전자의 불빛들이 갑자기 강해진 듯,
가장 작은 등불이 켜져, 그 강력한 펄럭임을 더하고, 그것에 그는
일상의 평범을 넘어선 이름과 특별함을 부여한다―

실제와 그 어휘들에 덧붙여진 펄럭임,
북쪽의 나무들에 돋아난 어떤 첫 순이
남쪽의 전 어휘를 그들에 부여하듯이,
봄, 저녁 하늘 가장 이른 단 한 줄기 빛이
자신을 더함으로써 허공으로부터 신선한 우주를 지어내듯이,
어떤 눈길이나, 스침이 예기치 못한 장엄함을 드러내 보이듯이. (CP 516-17)

　이후의 많은 시들은 세부로부터 전체를 향하여 확대되어 가는데, "8
월의 사물들"은 삶의 총체로 나아가는 가을 소풍을 그리고 있다. 사물에
대한 적절한 이미지와 의미가 사물들과 세계가 지닌 가능성으로부터 탄
생하기에, 스티븐스는 시를 비롯, 의미를 찾으려는 일상의 많은 다양한
노력들은 더 넓은 가능성의 세계로 나아가는 과정이라고 말한다. "8월의
사물들"은 늦여름 산에 올라, 계절의 변화에서 스러지고 생겨나는 수많
은 사물들과 의미들이 열어 보이는 "정신의 새로운 국면"(a new aspect
[of the soul])을 관찰하고 투사한다. 8월은 한낮의 매미 소리가 저녁의
귀뚜라미 소리로 바뀌는 계절이지만, 스티븐스는 그 어떤 순간도 그저
잊히는 것이 아니라, 살아 있는 사람의 귓전에 오래도록 남음을 말한다.

신비한 신학: 지금 있음에서 존재로

한순간의 "지금 있음"은 순간과 함께 사라지는 것이 아니라, 그다음 살아 있는 순간의 기억 속에 보존된다. 지금이 곧 스러지고 말 것이라는 느낌은 앞선 것들에 대한 사랑과 기억을 더욱 돈독하게 하는 것이다(The sentiment of the fatal is part / Of filial love. CP 491).

> Nothing is lost, loud locusts. No note fails.
> These sounds are long in the living of the ear.
> The honky-tonk out of the somnolent grasses
> Is a memorizing, a trying out, to keep.

> 소리 높인 매미들이여, 사라지는 음표는 없다.
> 이 소리들은 살아 있는 귓전에 오래 남는다.
> 졸린 이 풀섶에서 징징이는 귀뚜라미 노래는
> 기억에 새기고, 간직하려는 시도. (CP 489)

변모하는 현실 속에서 수없이 명멸하는 생명체들과 사물들과 생각들의 흐름은 대체 무슨 의미를 갖는가? 노년의 스티븐스는 가을로 접어드는 주말, 산에 올라, 사물들의 다양한 변화와 가능성들, 이에 대한 언어적 표현들이 삶에 지니는 의미를 전체적으로 조망한다. 그의 시야 속에서 수많은 순간들의 생성과 소멸은 지상의 삶이 지닌 벽을 깨뜨리고 "사랑도 증오도 아닌" 자유로운 지평 속으로 나아가는 과정으로 드러난다. 현실이 지닌 가능성 속으로의 해방은 "생각이 보이면서 수백 개의 눈을 통해 동시에 보는" "뉴 헤이븐" 시의 마지막 부분을 생각나게 한다.

We make, although inside an egg,
Variations on the words spread sail.

The morning-glories grow in the egg.
It is full of the myrrh and camphor of summer

And Adirondack glittering. The cat hawks it
And the hawk cats it and we say spread sail,

Spread sail, we say spread white, spread way.
The shell is a shore. The egg of the sea

And the egg of the sky are in shells, in walls, in skins
And the egg of the earth lies deep within an egg.

Spread outward. Crack the round dome, Break through.
Have liberty not as the air within a grave

Or down a well. Breathe freedom, oh, my native,
In the space of horizons that neither love nor hate.

우리 비록 알 속에 있으나,
돛을 펼치라는 말들을 변주한다.

알 속에는 나팔꽃들이 자란다.

신비한 신학: 지금 있음에서 존재로

그것은 여름의 몰약과 장뇌의 냄새로 가득하고

애디론댁산[18]은 빛난다. 살쾡이가
덮치고 매가 채어 올리고 우리는 돛을 펴라 말한다.

돛을 펴라, 하얗게 펼쳐라, 길을 내라 말한다.
알 껍질은 바닷가, 바다의 알과 하늘의 알이

껍질들, 벽들, 피부들 안에 있고
지상의 알은 알 내부 깊은 곳에 놓여 있다.

밖으로 펼쳐라. 둥근 지붕을 깨뜨려
뚫고 나가라. 자유를 누려라. 무덤이나 우물 속 공기가

아닌, 자유를 숨 쉬어라, 오, 나의 동족이여
사랑도 증오도 아닌 지평선들이 이룬 공간에서. (CP 490)

스티븐스의 시로는 드물게 보이는 고양된 어조를 사용한 이 시는, 변화하는 현실과 그를 좇는 크고 작은 시적 변용들이 사물들과 세계의 무한한 가능성 속으로 나아가는 시도들임을 말하고 있다. 높은 산 정상이 펼치는 조망 속에서 일상의 번잡함과 집착을 벗어나듯, 수많은 순간들과 다양한 모습들은 현실이 지닌 가능성 안에서 긍정되고, 또 자유로움을 얻는다고 할 수 있다. 앨런 테이트(Allen Tate)는 위 시에 나타난

---

18) 뉴욕주 북쪽에 있는 산맥

너른 지평으로의 확장을 "지적인 천사주의"(angelisme of the intelligence, Arbery 27)라 비판하였다. 우물 안, 혹은 알 껍질을 깨고 더 넓은 세계로 나아가는 것이 가능하다고 믿을 수는 있으나, 실제 우리는 그러한 자유를 소유하거나 그 안에 거할 수 없다는 것이다. 그러나 스티븐스는 "진정한 고요 속에 있는 진실한 말들"은 욕심에서 벗어난 평화에 이르게 하고, 있는 그대로의 사물과 세계를 비추기에 우리에게 위안을 준다고 말한다.

> The solemn sentences
> Like interior intonations,
> The speech of truth in its true solitude,
> A nature that is created in what it says,
> The peace of the last intelligence;
>
> Or the same thing without desire,
> He that in this intelligence
> Mistakes it for a world of objects,
> Which, being green and blue, appease him,
> By chance, or happy chance, or happiness,
> According to his thought….

> 엄숙한 문장들
> 마치 마음속 음성인 듯,
> 진정으로 홀로 됨 속 진실된 말,

말하는 것으로 창조되는 한 성상(性狀),
마지막 생각 끝에 이르는 평화:

혹은 같은 것이되 욕심이 없는 것,
이러한 지성 속에서 그는
그것을 사물들의 세계로 간주하고,
초록이고 푸른 그것들은 그에게 위안을 준다.
우연히, 혹은 생각하기에 따라,
행복한 우연, 혹은 행복으로…. (CP 490-91)

스티븐스의 세계 속으로의 해방은 테이트가 생각했듯이 머릿속으로 생각한 해방이 아니었다. "진정한 고요 속 진실의 말"이란, 말 없는 세계에 눈과 귀를 열고, 자신의 마음속 통찰로, 세계에 충만한 의미를 읽어 내기 때문이다. 한낮 매미소리가 저녁 귀뚜라미 소리로 바뀌는 것에 귀를 기울여 계절의 변화를 읽고, 이로부터 한 세대를 넘어 다음 세대로 이어지는 삶의 흐름을 그려보는 과정은, 한 개체에서 벗어나 보다 너른 지평으로 우리를 이끈다. 그것은 자연과 세계에 쓰여 있는 순리를 우리 마음속 깨달음을 통해 이해해 가는 과정이기도 하다. 늦여름 산행은 세계 자체가 상징들의 풍성한 의미 속에 놓여 있음을 통찰하게 하는 것이다. 사물들이 상징하는 의미는 외부 사물들을 "이미 쓰인 대로 읽은 후, 생각하는 이의 마음속 통찰과 축복에 귀 기울임으로써" 생겨난다고 스티븐스는 말한다. 손가락이 벽에 새기는 글자들을 읽어 내었던 구약성경의 다니엘[19]처럼, 진지한 시인은 물리적 세계에 내재한 원리와 그에 대한 성찰이 드러내는 의미를 읽는 것이다.

The thinker as reader reads what has been written.
He wears the words he reads to look upon
Within his being,

A crown within him of crispest diamonds,
A reddened garment falling to his feet,
A hand of light to turn the page,

A finger with a ring to guide his eye
From line to line, as we lie on the grass and listen
To that which has no speech,

The voluble intentions of the symbols,
The ghostly celebrations of the picnic,
The secretions of insight.

읽어 생각하는 사람은 이미 쓰여 있는 것을
읽는다. 그는 읽은 말들을 입고서
자신의 지금 있음 안을 들여다본다,

그의 안에 가장 빛나는 다이아몬드들의 왕관,

---

19) 다니엘서 5장

신비한 신학: 지금 있음에서 존재로

그의 발등에 찰랑이는 붉어진 옷자락,
빛나는 손 하나가 페이지를 넘기며,

반지 낀 손가락 하나가 행에서 행으로
그의 눈을 이끈다, 우리가 풀섶에 누워
말 없는 것에,

말로 가득한 상징들의 뜻함들에,
그 소풍의 홀린 듯한 축하들에,
통찰의 흘러나옴들에 귀 기울일 때. (CP 492)

8월 산 정상이 펼쳐 보이는 너른 지평은 바라보는 것만으로도 우리를 좁은 시공에서 벗어나게 하지만, 보다 근원적인 확장은 물리적인 자연 세계와의 관련 속에서 우리를 인식함으로써 이루어진다고 할 수 있다. 자연의 큰 틀에 비추어 볼 때, 또 세계와의 관련 속에서 우리는 이미 우리 자신으로 존재하지 않는다. 이미지의 경우도 우리 마음대로 생기는 것이 아니라, 세계가 그러한 모습을 보이고, 또 우리에게 그러한 느낌을 주기 때문이라고 스티븐스는 관찰한다. "유사", "은유", "유추" 같은 현실 구성 원리로서의 상상력의 작용에 초점을 맞추었던 앞선 시기 그의 시선이, 이제는 세계의 있는 대로의 현실 속으로 나와 있다. 인간은 자연 세계의 원리와 현상에 따라 살아가는 한 형제, 혹은 기계공이나 일꾼이며, 현실 세계는 인성 너머, 사람을 길들여, 세계에 맞추어 변화하며 거하게 하는 하나의 큰 생명체이다.

The world images for the beholder.

He is born the blank mechanic of the mountains,

The blank frere of fields, their matin laborer.

He is the possessed of sense not the possessor.

He does not change the sea from crumpled tinfoil

To chromatic crawler. But it is changed.

He does not raise the rousing of fresh light

On the still, black-slatted eastward shutters.

The woman is chosen but not by him,

Among the endlessly emerging accords.

The world? The inhuman as human? That which thinks not

Feels not, resembling thought, resembling feeling?

It habituates him to the invisible,

By its faculty of the exceptional,

The faculty of ellipses and deviations,

In which he exists but never as himself.

세계는 바라보는 이에게 이미지를 제시한다.

태어날 때부터 그는 산들의 빈 수리공이자,

들판들의 빈 형제로, 아침 일꾼으로 태어난다.
그는 감각에 사로잡힌 것이지, 감각의 소유자가 아니다.

그가 바다를 구겨진 은박지로부터 채색된
일렁임으로 변화시키지 않지만, 바다는 바뀐다.

그가 고요하던 검은 판자 동쪽 차양 위로
신선한 빛을 일으켜 밝아 오게 하지 않는다.

그 여성도 끝없이 생겨나던 조화들 가운데서
선택되었으나 그가 한 것은 아니다.

세계가? 사람 아닌 것이 사람같이? 생각도 없고 느낌도 없는 것이
생각을 닮고 느낌을 닮았다고?

그것은 특별한 능력,
생략들과 비낌들의 능력으로,

그를 보이지 않는 것에 익숙하게 하여.
그 안에 그는 거한다. 자기 자신에서 벗어나서. (CP 492-93)

계절의 변화와 만물의 세대교체와 영속에 대한 인식, 산 정상이 펼
치는 너른 시야 등은 8월의 산행과 사물들이 선사하는 선물로, "자신만

의", 혹은 사랑과 증오, 욕심 등의 인간 중심 세계로부터 더 큰 삶의 테두리 속으로의 해방을 가능케 한다고 할 수 있다. 이러한 해방감은 더 높은 세계를 향하는 것이 아니라, 낮은 곳에 있는 자신의 주변 일상을 보다 깊은 주의로 다시 발견하게 한다. 바로 이 점에서 스티븐스의 확장은 테이트가 말한 "지적인 천사주의"와 구분된다고 할 수 있다. "사물들에 대한 지식이 인지되지 않은 채, 주변에 널려 있음"은 높은 산 정상에서만 보이는 것이 아니다. 산에서 내려와 집에 돌아왔을 때, "테이블 위 펼쳐놓은 소설들, 창가의 제라늄", 또 자신의 의자의 편안함 안에서 그 투명하던 대기의 충족감은 더욱 절실히 되살아나고 있다.

> He could understand the things at home.
> And being up high had helped him when up high.
>
> As if on a taller tower
> He would be certain to see
>
> That, in the shadowless atmosphere,
> The knowledge of things lay round but unperceived:
>
> The height was not quite proper;
> The position was wrong.
>
> It was curious to have to descend
> And, seated in the nature of his chair,

To feel the satisfactions
Of that transparent air.

그는 집에 있는 것들을 이해할 수 있었다.
높이 있었던 것은 높이 올랐을 때 도움을 주었었다.

마치 더 높은 종탑 위라면
그림자 하나 없이 선명한 대기 속에서

사물들에 대한 지식이 인식되지 않은 채 주변에
널려 있음을 확실히 볼 수 있기라도 할 듯이.

높이는 그리 적절한 것이 아니었다.
그 위치는 잘못된 것이었다.

산에서 내려와
그의 의자의 본성 속에 앉아서야,
그 투명하던 대기의 충족감을 느끼는 것은
묘한 일이었다. (CP 493)

    8월의 산행 후, 스티븐스는 수많은 성격들과 다양한 견해들로부터
인간성의 전체, "총체적인 인간"(the whole man, CP 494)을 투사한다.
이러한 추상화는 사람들, 의견들 사이 차이점을 넘어서야 가능한 것이기
에 "자아의 고립" 속에서, 추상의 확장 속에서나 가능한 것이지만, 여름

신비한 신학: 지금 있음에서 존재로

의 형상들이 잊히는 8월의 빛 속에서, 노년의 통찰은 어느 순간, 모든 개체 너머에 있는 "사람 아닌 사람"의 형상을 비춘다.

The forgetful color of the autumn day
Was full of these archaic forms, giants
Of sense, evoking one thing in many men,
Evoking an archaic space, vanishing
In the space, leaving an outline of the size
Of the impersonal person, the wanderer,
The father, the ancestor, the bearded peer,
The total of human shadows bright as glass.

가을날의 잊혀 가는 빛깔들은 이들
태곳적 형상들, 감각의 거인들로 가득하여,
많은 사람들 안의 하나를 불러일으키고,
태고의 공간을 소환한다. 공간 속으로
사라지며, 비인간인 사람 크기의
윤곽을 남긴다, 방랑자,
아버지, 조상, 수염 난 동료,
인간 그림자들의 유리처럼 밝은 총체를. (CP 494)

주변 사물들과 사람들 속으로의 해방은 시에 대하여서도 보다 근원적이고 보편적인 의미를 부여한다. "세계에 대한 새로운 텍스트"로서의 시는 우리의 "불안과 두려움, 운명으로 쓰인 글귀"들이지만 우리에게 필요한 의미들이기에, 종교적 규율들이 그러했듯 삶의 기반이자, 정신적 지주를 이루는 것이다. 궁극의 의미를 알 수 없는 세계에서 시인들은 은 둔처에 거하는 수도승들처럼 읽기 어렵게 새겨진 글자들을 자신들의 지력으로 쓰고 읽어내어 우리로 하여금 생각할 텍스트를 제공한다. 스티븐스의 생각에 시를 짓는 것과 읽고 생각하는 것 모두 세계의 신비에 관여하여 삶의 의미와 지침을 마련한다는 점에서 개인적이고 문학적인 차원을 넘어 보다 확대된, 종교적이고 정신적인 차원의 의미를 지니는 것이다. 1950년 이후 쓰인 그의 시들이 지닌 고양된 톤은 아마도 구체적 사물들과 노력들을 통해 보다 보편적이고 깊은 의미 속으로 확장과 해방이 가능하다는 그의 믿음과 관련이 있을 것이다.

A new text of the world,
A scribble of fret and fear and fate,
From a bravura of the mind,
A courage of the eye,

In which, for all the breathings,
From the edge of night,
And for all the white voices
That were rosen once,
The meanings are our own—
It is a text that we shall be needing,
To be the footing of noon,
The pillar of midnight,

신비한 신학: 지금 있음에서 존재로

That comes from ourselves, neither from knowing

Nor not knowing, yet free from question,

Because we wanted it so

And it had to be,

A text of intelligent men

At the centre of the unintelligible,

As in a hermitage, for us to think,

Writing and reading the rigid inscription.

세계에 관한 새로운 텍스트

불안과 두려움과 운명으로,

마음의 호기로,

눈의 용기로 적은 글.

밤의 모서리에 선

모든 숨소리들에도 불구하고,

한 번씩 높이던

꾸민 목소리들에도 불구하고

그 글의 의미들은 우리들의 것.

우리가 필요로 하게 될 텍스트,

대낮의 발판이자,

한밤의 기둥,

알게 모르게 우리들로부터 나오며

의심할 바 없는 글,
우리가 그렇게 원하며
그래야만 하기에

알 수 없는 중심에 있는
현명한 사람들의 텍스트
마치 은둔처에서인 양, 우리에게 생각하라고
굳게 새겨진 글씨들을 읽고 쓴다. (CP 494-95)

사물과 세계의 중심과 궁극에 직접 닿을 수 없기에, 우리는 세계의
"영향"과 그 표면으로부터 "크고 붉은 사람"이 그러했듯, 푸른 석판으로
부터 다양한 "지금 있음"의 윤곽을 읽어낸다. 『바위』의 표제시인 "바
위"(The Rock)는 접근을 불허하는 삶의 바탕으로서의 바위와, 그 표면에
서 명멸하는 수많은 "지금 있음"의 순간들의 관계에 대해 생각하고 있다.
이 시의 첫 부분은, 일흔 해 전 어머니의 집에서 누렸던 자유를 비롯,
삶의 순간들 모두를 환영(illusion)으로 환원시키는 세계의 무상함에 반
하여, 젊은 남녀의 사랑은 "인간성의 기묘한 천명"이며, 봄 라일락 나무
의 새순의 돋음과 꽃 핌, 또 그 향기는 우리의 간절한 바람과 더불어 "끊
임없이 살아 움직이는" "지금 있음"의 우주의 세부임을 관찰하고 있다.

Regard the freedom of seventy years ago.
It is no longer air. The houses still stand,
Though they are rigid in rigid emptiness.

. . .

신비한 신학: 지금 있음에서 존재로

The meeting at noon at the edge of the field seems like

An invention, an embrace between one desperate clod
And another in a fantastic consciousness,
In a queer assertion of humanity:

A theorem proposed between the two—
Two figures in a nature of the sun,
In the sun's design of its own happiness,

As if nothingness contained a métier,—
A vital assumption, an impermanence
In its permanent cold, an illusion so desired

That the green leaves came and covered the high rock,
That the lilacs came and bloomed, like a blindness cleaned,
Exclaiming bright sight, as it was satisfied,

In a birth of sight. The blooming and the musk
Were being alive, an incessant being alive,
A particular of being, that gross universe.

일흔 해 전의 자유를 보라. 더 이상
대기에 없다. 집들은 여전히 서 있긴 하다.
굳은 공허 속에 딱딱하게 굳어진 채이지만.

신비한 신학: 지금 있음에서 존재로

          · · ·
정오 들판 어귀에서 있었던 만남은 마치

하나의 고안품 같다. 환희에 찬 의식 속
한 절박한 흙덩이와 다른 흙덩이 사이 포옹은
인간성에 대한 특이한 천명:

두 사람 사이 제안된 하나의 정리—
태양의 본성, 그만의 행복에 대한
태양의 구상 안에 있는 두 형체들.

마치 무상함도 나름대로의 할 일을 담고 있는 듯,—
생명 유지를 위한 전제, 영원한 추위 속
덧없는 한순간, 너무도 간절히 바란 환영이라

초록 잎이 돋아 높은 바위를 덮었고,
라일락이 맺혀 벙글었다. 마치 멀었던 눈이 걷혀
밝은 광경을 외치며, 시야의 트임에

만족한 듯이. 꽃핌과 사향 내음은
살아있는 지금 있음이었다. 끊임없는 살아 있음.
그 거대한 우주, 지금 있음의 특별한 세부. (CP 525-26)

　　노년의 스티븐스에게 나뭇잎들이 자라 꽃을 피우고 열매를 맺고 사
랑을 하는 "지금 있음"의 세계는 단순히 삶의 불모를 덮는 데서 더 나아

신비한 신학: 지금 있음에서 존재로

가 세계에 대한 다양한 이해와 감각들로 삶을 풍요롭게 만듦으로써 "망각을 넘어선 치유"(a cure beyond forgetfulness)를 가능케 하는 것이었다. 두 번째 연은 시들(leaves)을 비롯한 인위성이 이루는 "지금 있음"의 세계가 바위와 같은 단단한 세계를 그 바탕으로부터 "치유"할 수 있음을 말한다. "나뭇잎들이 이룬 허구는 / 시의 성상(聖像), 축복의 형상 / 그 성상은 사람"(The fiction of the leaves is the icon / Of the poem, the figuration of blessedness / And the icon is the man. CP 526)이라는 구절은 나뭇잎들의 성장과 결실, 사랑과 시들이 종교에 가까운 구원과 축복을 삶에 줄 수 있음을 암시하고 있다. 나뭇잎들(시들)이 사람 형체의 성상을 지니는 것은, 시들에 구현된 "지금 있음"의 세계가 바위와 같은 삶의 척박한 바탕과 마음을 감싸주어, 마치 예수를 비롯, 여러 성인들의 성상들처럼 삶의 바탕과 우리를 화해시킴으로써 바위를 반석으로 변모케 할 수 있다는 믿음을 스티븐스가 지녔기 때문일 것이다. 스티븐스는 나뭇잎들을 시의 아이콘(성상)으로 세우고, "그의 말이 곧 성상이며 그"임을 선언하는데, 이는 말과 나뭇잎들(시)과 사람의 관계가 요한복음의 "말씀과 예수와 하나님"의 삼위일체[20]에 빗대어질 수 있음을 암시한 것이다.

They bud the whitest eye, the pallidest sprout,
New senses in the engenderings of sense,

---

20) 요한복음 1:1, 14. "태초에 말씀이 계시니라. 이 말씀이 하나님과 함께 계셨으니 이 말씀은 곧 하나님이시라." "말씀이 육신이 되어 우리 가운데 거하시매 우리가 그 영광을 보니 아버지의 독생자의 영광이요 은혜와 진리가 충만하더라."

신비한 신학: 지금 있음에서 존재로

The desire to be at the end of distances,

The body quickened and the mind in root.
They bloom as a man loves, as he lives in love.
They bear their fruit so that the year is known,

As if its understanding was brown skin,
The honey in its pulp, the final found,
The plenty of the year and of the world.

In this plenty, the poem makes meanings of the rock,
Of such mixed motion and such imagery
That its barrenness becomes a thousand things

And so exists no more. This is the cure
Of leaves and of the ground and of ourselves.
His words are both the icon and the man.

잎들은 새하얀 눈과 여리디 여린 새순을 내민다.
감각의 배태 속, 새로운 지각들
먼 곳 끝에 있고자 하는 바람,

몸이 일깨워지고 마음은 뿌리에 자리한다.
잎들이 피어난다. 사람이 사랑하고 사랑으로
살듯이. 잎들은 열매를 맺어 한 해를 알린다.

마치 열매의 이해가 갈색의 껍질을 이루고
꿀이 그 과육 안에 담겨, 마지막 발견을 이룬 듯이.
한 해와 그 세계의 풍요로움.

이 풍요로움으로 시는 바위로부터 의미들을 만든다.
많은 복합된 움직임과 이미지들로 이루어지기에
바위의 헐벗음은 수천의 것들로 바뀌어

더 이상 존재하지 않게 된다. 이것이
잎사귀들과 땅과 우리 자신들이 주는 치유.
그의 말들은 그 성상이자 그 사람이다. (CP 527)

　　노년의 스티븐스는 가난과 추위, 끊임없는 변화의 무상함과 같은 삶의 척박한 현실에 대해, "수천의 것들"이 이루는 "지금 있음"의 현실을 이루어 내는 것이 당대에 중요한 시의 의무라고 생각하였다. 1946년 한 글에서 그는 펜실베이니아 털퍼하켄(Tulpehocken)에 있는 외증조할아버지 존 젤러(Zeller)의 생가와 그가 묻혀있는 루터 교회 안 뜰의 묘지를 방문했던 일을 언급하며, 그곳에서 절감한 단조로운 "황폐함"(the desolation)이, 뒤이은 뉴욕 모건 도서관 그림책 전시회 방문에서 "생생하게 움직이는 수천의 인물들과 그림들"의 다양한 색채로 피어났다고 회고하였다.

　　이 교회의 옛 묘지는 한 에이커 남짓 울타리를 친 땅이었다. 벽은 4피트 정도 높이의 석회석으로 비바람에 상하여 메마르고 벗겨졌다…. 삼나무가 몇 그루 여기저기 서 있었지만, 버려지고 헐벗었다는 느낌, 결국 사람 기억의 거대한 안치소란 우리가 생각한 것보다 더 텅 비었다는 느낌만을 더 강조해 줄 뿐이었다. 시간과 경험이 이곳에 만들어낸 현실, 궁극적인 것인 양 마음에 사무치는 그 황폐함을 적절히 피할 대안은 없을 듯싶었다. 이후, 나는 뉴욕으로 돌아와 전미 그래픽 아트 협회가 주최하는 모건 도서관 책 전시회에 갔다. 폴란드, 프랑스, 핀란드 등지에서 온 빛나는 페이지들, 이야기들, 시와 민담들을 담은 책들은 마치 좀 전에 내가 경험했던 메마른 현실이 갑자기 색채를 띠고 살아나서 단 하나로부터 수많은 사물들과 사람들이 되었다. 생생하고 활달하게 수천의 인물들과 그림들을 의도적으로 시도하면서.

This [the old graveyard of this church] was an enclosure of about an acre, possibly a little more. The wall was of limestone about four feet high, weather-beaten, barren, bald···. There were a few cedars here and there but these only accentuated the sense of abandonment and destitution, the sense that, after all, the vast mausoleum of human memory is emptier than one had supposed···. There could not be any effective diversion from the reality that time and experience had created here, the desolation that penetrated one like something final. Later, when I had returned to New York, I went to the exhibition of books in the Morgan Library held by the American Institute of Graphic Arts. The brilliant pages from Poland, France, Finland and so on, books of tales, of poetry, of folk-lore, were as if the barren reality that I had just experienced had suddenly taken color, become alive and from a single thing become many things and people, vivid, active, intently trying out a thousand characters and illuminations. (NA 101-02)

신비한 신학: 지금 있음에서 존재로

스티븐스가 생각하였던 시의 중요한 기능 중 하나는, 그것이 단단한 삶의 바탕으로부터 다양한 모습으로 "끊임없이 살아 움직이는 있음의 세계"를 조명할 수 있다는 데 있었다. 다양한 모습의 "지금 있음들"로 단단한 세계의 바탕에 생명을 부여하고, 그 바탕이 열어 보이는 더 높은 차원의 가능성을 예시한다는 점에서 시는, 기독교의 "말씀"의 역할처럼, 현상 너머의 궁극적 존재를 비출 수 있는 가능성을 지닌 것이었다. "바위"의 마지막 연은 바위에 밤의 찬송가를 바침으로써, 삶의 단단한 바탕과의 화해와 치유를 시도하고 있다. 물리적 바위는 우리가 딛고 올라섰다가 더 황량한 깊이로 떨어지는 계단이며, 대기 속에 솟아 별들을 비추는 거울이기도 하고, 사악한 꿈으로 붉게 타오르는 저녁을 식혀주는 터키석 같은 푸르름을 지니고 있기도 하다. 무엇보다도 바위는 삶 전체의 거주지(the habitation of the whole, CP 528)를 이루며, 망고의 핵과 같이 과육과 표면 껍질의 근원을 이루고 있다. 바위의 말없는 고요함은 우리 마음의 고요함을 일깨워 "지금 있는" 사람들 세계의 시작과 끝에 자리하고, 그 안의 전체 공간을 그러안은 문이 된다. 이 공간은 아침이면 해가 돌아 대낮의 보이는 것을 비추고, 밤이 되면 밤의 것들은, 낮엔 보이지 않던 "한밤중, 민트(새로움을 빚어내는)의 향기"를 비춘다. 무엇보다 밤은 단단하던 바위에 생생한 잠(꿈)으로 찬미의 송가를 바침으로써, 우리를 세계의 말없는 바탕과 화해하고, 하나의 존재로서의 세계에 대한 믿음(la confiance au monde)을 공고히 하여 주는 것이다.

It is the rock where tranquil must adduce
Its tranquil self, the main of things, the mind,

The starting point of the human and the end,
That in which space itself is contained, the gate
To the enclosure, day, the things illumined

By day, night and that which night illumines,
Night and its midnight—minting fragrances,
Night's hymn of the rock, as in a vivid sleep.

바위는 평온이 평온한 자아, 사물들의 중심,
마음을 이끌어 내야 하는 곳,

인간적인 것의 시작점이자 종착점
공간 자체를 그러안고 문이 되어
에워싼다. 낮과 대낮이 비추는 것들,

밤과 밤이 밝히는 것,
밤과 한밤의 민트 향기들,
생생한 잠 속, 바위에 바치는 밤의 송가를. (CP 528)

5. 존재로서의 세계를 향해(Toward the World as Presence)

God and the imagination are one.
신과 상상력은 하나이다.
(CP 524)

　　1950년경부터 쓰인 스티븐스의 시들에서 물리적 세계는 "지금 있음"의 세계를 짓고 허무는 근원과 바탕으로, 때로는 살아 숨 쉬며 끝없는 명상으로 사람과 교류하는 존재로, 사물의 표면을 통해 하나의 전체나 목적을 비추는 신비한 존재로 확대된다. 뉴 헤이븐의 유칼립투스 교수와 같이 스티븐스는 사물로부터 신을 구하며(He seeks / God in the object itself.), 사물을 신성하게 할 묘사(The description that makes it[the object] divinity, CP 475)를 추구하고 있는 것이다. 시집 『바위』에 등장하는 저녁 별, 천사, 찬송, 촛불, 돔(dome), 예배당(chapel), 비둘기, 로마(Rome), 은자(hermitage) 같은 단어들은 기독교적 의미를 환기시키는 사물들이며, 에어리엘(Ariel), 율리시즈와 퍼넬로피, 스티지아(Stygia) 같이 신화로부터 차용된 이름들은 말년의 스티븐스가 현실 세계의 표면과 배후를 미묘한 정신적 의미 속에서 파악하려 했음을 말해준다. "상상력과 신은 하나"(God and the imagination are one. CP 524)라는 말년의 스티븐스의 고백은, "지금 있음"의 세계와 그 바탕 세계에 대한 그의 시적 탐구가 결국엔 기존 종교를 대신하여 "신비한 신학"의 일부를 이루었음을 말해준다. 시를 통해 삶의 척박한 바탕을 긍정하고, 사물과 세계로부터 사람의 마음이 닿을 수 있는 가능성을 투사해 보려는 그의 시도는, 신을 잃은 당대에, 잃어버린 것을 대신하여 예술이 세계에 대한 믿음을

신비한 신학: 지금 있음에서 존재로

회복시키는 데 중요한 역할을 해야 한다는 그의 신념의 최종적 반영으로 보인다.

『바위』의 첫 시, "잠들어 있는 노인"(An Oldman Asleep)은 깊이 잠든 한 노인에게, 두 개의 세계가 함께 잠들어 있음을 관찰한다. 노인 자신의 "생각들, 느낌들, 신념들과 불신들"이 이룬 "독특한 영역"이 그 하나이고, R로 표기된 원형적 시간의 몽롱하고 끊임없는 흐름, 혹은 "붉으스레"(reddish)하다는 느낌을 준 밤나무의 "붉음"(redness)이 있는 현실 세계가 다른 하나이다. 오랜 시간, 하나의 세계를 이룬 노인의 독특한 영역과, 이 독특함이 침범할 수 없는 절대적 신비의 세계가 함께 잠들어 있기에, "먹먹한 숙연"이 이들을 감싸고 있는 것이다. 스티븐스는 이 노인에게 "you"를 사용하여, 친근함과 더불어 조사(弔詞)의 고양감을 전달하고 있다.

> The two worlds are asleep, are sleeping, now.
> A dumb sense possesses them in a kind of solemnity.
>
> The self and the earth—your thoughts, your feelings,
> Your beliefs and disbeliefs, your whole peculiar plot;
>
> The redness of your reddish chestnut trees,
> The river motion, the drowsy motion of the river R.
>
> 지금, 두 개의 세계가 깊은 잠 속에 들어있다.
> 먹먹한 느낌이 일종의 숙연함으로 그들을 사로잡는다.

자아와 지상―그대의 생각들, 느낌들,
믿은 것과 믿지 않았던 것들, 그대의 독특한 영역(고안) 전체가 하나.

붉으스레 한 그대 밤나무의 붉음,
강의 움직임, R강의 졸음 서린 움직임이 다른 하나. (CP 501)

　　사람 생각의 영역과 물리적 세계의 공존은 스티븐스가 1950년을 전후해 쓴 시들에 자주 등장하는 주제인데, 노년의 스티븐스는 자아의 "독특한 영역"으로부터 점차 자아 밖 현실 세계 속으로 중심을 확대해 가는 듯 보인다. 그것은 그가 끝없이 유동하는 세계의 수많은 자아들과 순간들의 전체적이고 궁극적인 의미를 탐구하고 있는 것과 관련이 있을 것이다.

　　"8월의 사물들"이 다양한 사물들과 사람들이 이룬 세계 속으로의 확대를 시도했다면, "농부들에게 둘러싸인 천사"(Angel Surrounded by Paysans)에서는 현실 세계가 농부들 삶의 한가운데 "천사"의 음성으로 임재해 있다. 현실 세계는 농부들 삶의 물리적 토양이기도 하지만, 농부들 삶에 "지금 있음"으로 임재하여 그들의 삶을 늘 새롭게 유지시키는 외계로부터 온 미묘한(subtle) 존재이기도 한 것이다. 앞선 시들에서 "지금 있음"은 주로 상상력이 현실의 바탕으로부터 그 윤곽을 읽음으로써 드러났었는 데 반해, 이 시에서는 현실 세계가 "지금 있는" 천사로 등장한다. 49년 말 스티븐스는 프랑스 화가 탤 코트(Tal Coat)의 "정물화"[21]가 보이는 파격성(violence)에 매료되었다. 그는 그림의 사물들이 보이

---

21) Pierre Tal Coat, *Still Life*. L 649 각주 3.

신비한 신학: 지금 있음에서 존재로

는 견고함(solidity), 건장함(burliness), 공격성(aggressiveness)에 매료되어, 브레통(Breton) 농민들이 지닐 법한 과격함이야말로 현실 세계에 내재한 근원적 힘에 가깝다고 생각하였다(L 654). 비슷한 시기, 스티븐스는 쿠바인 호세를 통하여 쿠바의 땅에서 나온 열대의 과일들, 기후들, 또 호세의 어머니가 키우는 당나귀와 닭 등, 토착적(native) 사물들이 지닌 야만성(savageness)은 서양의 소설들과 철학들이 보이는 지적인 세계에 비해, 사람을 땅(주변 현실)에 가깝게 끄는 힘(the force that attaches, L 602)을 지닌다고 관찰하였는데, 이러한 사실들은 땅과 그곳의 토착 현실, 구체적 사물들에 삶의 근원적 생명력이 서려 있다는 그의 생각을 반영한 것이다.

스티븐스는 그림 속 테이블 위에 놓인 서너 개의 물병들과 상추를 담은 토기, 포도주 잔, 흰 냅킨을 농부들로, 한줄기 잎사귀가 꽂힌 베네치아산 유리그릇을 천사로 등장시켜, 농부들을 잠시 방문했던 천사가, 자신의 "잠시 있음"이 농부들의 삶에 어떤 의미를 지니는지 선포하고 사라지는 극적 대화로 시를 구성하고 있다. 스티븐스는 후에 쓴 한 편지에서 이 시의 천사가 "현실의 천사"(the angel of reality)임을 분명히 밝히고 있어(L 753), 이 시는 주변 현실의 "지금 있음"의 참 의미를 농민들에게 고지(announce)하는 신비로운 순간을 포착하고 있다 하겠다. 스티븐스는 뉴욕의 프린터 빅터 해머(Victor Hammer)와 이 시에 적합한 삽화를 논의하는 한 편지에서, 이 시에 등장하는 현실의 천사는 "장소"(a place), 혹은 "한 무리의 가난한 이들이 땅 위에서 편안히 있는 장소"([the place] in which a group of poor people were at ease on earth, L 656)로 그려질 수 있을 것이라 적었다. 특정 장소의 현실이 그곳 사람들의 척박한 삶과 함께 늘 새로운 의미 속에 공존함으로써 그들의 가난한 삶이 굳어진 틀에서 벗어나 새로워지고, 더 나아가 삶의 비극적 저음을 부드러운 여운으로 수용할 수 있게 됨을 현실의 천사는 다음과 같이 고지하는데, "지금 있음"(being)과 "알고 있음"(knowing)이란 단어를 반복하는 그의 말투는 "나는 스스로 있는 자이니라"(I am who I am)라는 창세기의 하느님의 말투[22]에 흡사하다.

> I am one of you and being one of you
> Is being and knowing what I am and know.
>
> Yet I am the necessary angel of earth,
> Since, in my sight, you see the earth again,
>
> Cleared of its stiff and stubborn, man-locked set,
> And, in my hearing, you hear its tragic drone
>
> Rise liquidly in liquid lingerings,
> Like watery words awash;
>
> 나는 그대들 중의 하나이며 그대들 중 하나임은
> 나임으로 지금 있음이며, 내 앎을 알고 있음이라.
>
> 그러나 나는 꼭 있어야 할 지상의 천사,

---

22) 출애굽기 3:14

나의 시야로 그대들은 지상을 다시 보아,

사람이 가둔 굳고 완고한 틀에서 벗어나고,
나의 청력으로 그대들은 지상 비극의 저음이

마치 막 씻겨 물기 듣는 말들처럼
유려한 여음들로 매끄럽게 솟아오름을 듣나니. (CP 496-97)

　『가을의 오로라들』의 앞선 시들에서 "지금 있음"은 마음속 형상들
이나 은유, 상징같이 현실을 읽어내는 시적 작용을 통해 조명되었었다.
반면, 위 시에서는 현실 자체가 천사라는 신비의 존재로 농부들의 삶의
현장에 "지금 있다" 사라진다. 스티븐스의 말년의 시들에서 현실 세계는
보이는 물질(substance)로만 이루어진 것이 아니라, "지금 있는" 세계 너
머, 더 넓은 세계, 하나의 전체, 혹은 어떤 "존재"(presence)로서의 "미묘
함"(subtlety)으로 이어지고 있다. 주어진 세계로서의 현실은 단순한 물
리적 현실이 아니라, "천사"와 같은 기독교적인 언어, 혹은 신화에 등장
하는 이름들과 함께, 전 우주적인 "변화에서 변화를 담당하는 부분"(a
change part of a change, CP 518), 더 나아가 "비인간의 명상 속 / 필수
적인 수행"(an essential exercise / In an inhuman meditation, CP 521)을
하고 있는 신비한 존재로 등장한다.
　『바위』의 많은 시들에서 세계의 사물들과 현상들은 단순한 물리적
원소나 환경이면서 동시에, 살아 있는 미묘한 존재로 묘사되고 있다. 이
세계는 "지금 있음"의 세계를 근원에서 지탱하고, 거두며, 현 세계의

신비한 신학: 지금 있음에서 존재로

"죄"(CP 504)나 "사악한 꿈들"(CP 528)과는 구분되는 신비한 존재로 등장한다. "아일랜드의 모허 절벽들"(The Irish Cliffs of Moher)은 바닷가 모허 절벽을 이루고 있는 "땅과 바다와 대기"라는 물리적 원소들이 단순한 경관으로서의 자연이 아니라, "생각 이전, 말의 이전"에 존재하는 시원의 "아버지, 혹은 예전의 아버지 비슷한, 아버지들의 종족 중 하나"임을 확신하고 있다. 1952년 가을, 스티븐스는 아일랜드 지인 스위니(John L. Sweeney)에게서 모허 절벽이 담긴 그림엽서를 받고, 그 지형이 "자유로움의 바람, 너른 공간의 호젓함"을 상기시킨다고 적었다(L 760-61). 물리적 현실 세계는 마치 기독교에서 신이 시원의 아버지이듯, 지금 여기의 시공을 초월한 "정신의 기저"(the spirit's base)에서 삶의 근원적 바탕을 이루고 있다. 『가을의 오로라들』의 "천구로서의 원시인"에서 "중심의 시" 원시인이 세계의 지평선 상에 있었다면, 이제 『바위』에서는 모허 절벽의 땅, 바다, 대기 같은 물리적 현실이 지금 여기의 현실 위로 솟은 시원의 아버지로 자리하고 있다.

This is not landscape, full of the somnambulations
Of poetry

And the sea. This is my father or, maybe,
It is as he was,

A likeness, one of the race of fathers: earth
And sea and air.

신비한 신학: 지금 있음에서 존재로

이것은 시와 바다의 잠꼬대들로 가득한
풍경이 아니다.

이것은 나의 아버지, 혹은, 어쩌면
과거의 아버지,

닮은 것. 아버지들 종족의 하나: 땅과
바다와 대기. (CP 502)

땅과 바다와 대기 같은 지상의 요소들은 아버지들 종족과 같은 삶
의 근원적 존재로 간주되기도 하지만, 노년의 스티븐스에게 삶의 바탕으
로서의 자연이나 세계가 반드시 긍정적인 의미만을 갖는 것은 아니다.
어머니 대자연은 아들이 생전에 보고 말했던 "생생한 지식들"을 무참히
먹어 치우는 "수염 난 여왕"(a bearded queen) 어머니로 묘사되고 있다
(CP 507). "서쪽 거주자 중 하나"(One of the Inhabitants of the West)인
"저녁의 대천사"(the archangel of the evening)는 가을 저녁, 유럽 전반
에 밤이 내릴 것을 예견하고, 하늘에 홀로 빛나는 별이 메두사의 잘린
목에서 뿌려진 핏방울일 수도 있음을 상기시켜, 삶의 표면 아래 무척 많
은 "죄"(guilt)가 묻혀 있음을 선포하기도 한다.[23]
　　무엇보다도 시집 『바위』에서 눈에 뜨이는 바탕은 시들고 이울며,
찬 바람과 가난함과 망각으로의 변화가 진행되고 있는 세계이다. "한가

---

23) 스티븐스는 바브라 처치(Barbara Church)와의 서신에서 1950년경의 유럽, 특히 프랑
　　스와 러시아를 둘러싼 정치, 외교적 갈등을 비롯, 유럽의 쇠퇴를 진단하였다(L
　　684-85 참조).

신비한 신학: 지금 있음에서 존재로

운데의 은둔처"(Hermitage at the Center)에서 낙엽들을 휩쓸어 모든 것을 망각으로 몰고 가는 찬바람의 세계는 따뜻하던 봄의 한순간이 은자처럼 숨어들 수밖에 없는 큰 테두리를 이루고 있다. 연인과 따뜻한 봄날 풀밭에 누워 새소리에 귀를 기울이며 사랑을 시작하던 시초의 순간에 대한 기억은, 종말을 고하는 험한 현실 세계의 깊숙한 곳에 간직된 은둔처를 이루고 간헐적으로만 되살아나지만, 바탕으로서의 세계는 "이 끝과 이 시작을 하나"(this end and this beginning are one. CP 506)로 포함한다. 죽음과 쇠락의 거친 현실이 지닌 힘은 눈부신 초록잎과 "빛나는 아이들(새 세대)"(lucent children, CP 506) 또한 탄생시키는 힘이기 때문이다. 현실 세계가 지닌 냉혹한 힘은 "조용하고 정상적인 삶"(Quiet and Normal Life)에서 노인이 앉은 장소와 시간을 엄격히 제한한다. 이 노인은 자신이 짓지 않은 장소, 가는 불빛 아래, 추위에 깃든 눈인 양, "추위"와 "밤" 측이 지닌 "용맹한 생각들"에 "가장 오래되고 가장 따스한 마음"을 잘려야 하는 것이다.

His place, as he sat and as he thought, was not
In anything that he constructed, so frail,
So barely lit, so shadowed over and naught,

As, for example, a world in which, like snow,
He became an inhabitant, obedient
To gallant notions on the part of cold.

신비한 신학: 지금 있음에서 존재로

It was here. This was the setting and the time
Of year. Here in his house and in his room,
In his chair, the most tranquil thought grew peaked

And the oldest and warmest heart was cut
By gallant notions on the part of night—
Both late and alone, above the crickets' chords,

Babbling, each one, the uniqueness of its sound.
There was no fury in transcendent forms.
But his actual candle blazed with artifice.

그가 앉아 생각에 잠겼을 때, 그의 자리는
그가 지은 어떤 것이 절대 아니었다. 아주 가냘프게
겨우 불 밝혀, 그림자 드리운 있을까 말까 한 자리.

이를테면, 그가, 마치 눈인 양,
추위 측의 용맹한 생각들에 순응하는
어떤 거주자로 깃들었던 한 세계.

여기였다. 이곳이 그의 무대이자 계절이었다.
이곳, 그의 집 안, 그의 방 안, 그의 의자에서,
가장 고요한 생각이 솟아오르고,

가장 오래되고 가장 따뜻한 마음은

밤 측의 용맹한 생각들에 베였다 ―
깊은 밤 홀로, 귀뚜라미들 합창소리, 저마다

지줄대는 귀뚜라미 소리의 독특함 위에서.
세간을 넘어선 형상들에의 분노는 없었다.
다만 그의 실제 촛불이 궁리로 빛나며 타올랐다. (CP 523)

　　밤이나 추위로 상징되는 현실 세계의 냉혹함에 대해 "인위로 타오르는 실제의 촛불"은 사람의 마음과 상상력을 뜻할 것이다. 미묘한 존재로서의 세계는 춥고 어두운 삶의 바탕을 이루지만, 그럼으로써 사람의 촛불이 비추는 세계를 유일하고 독특한 것으로 만들기도 한다. 현실 세계의 근원적 테두리 안에서 순종하는 "조용하고 정상적인 삶" 속에서도, 사람의 생각은 현실의 산을 옮겨 자신만의 거처를 이루고 세계의 전모를 전망하는 것이다. "산을 대신하였던 시"(The Poem That Took the Place of a Mountain)는 "정상적인 삶"의 거처가 우리의 바람과 감각 등 인위성(비현실적 요소)이 가미된 묘사로 이루어짐을 말하고 있다. 묘사된 산이 실제의 산을 대신한다는 생각은 시나 그림의 재현(representation)을 두고 한 말이지만, "겨자씨만 한 믿음으로 산을 옮길 수 있다"라는 성경의 한 구절을 생각나게 하여, 부정확성에도 불구하고 인위성이 현실 세계에 대해 "유일하고도 독특한" 거처, 안심하고 거할 수 있는 기반을 마련할 수 있다는 믿음을 일깨운다.

신비한 신학: 지금 있음에서 존재로

There it was, word for word,
The poem that took the place of a mountain.

He breathed its oxygen,
Even when the book lay turned in the dust of his table.

It reminded him how he had needed
A place to go to in his own direction,

How he had recomposed the pines,
Shifted the rocks and picked his way among clouds,

For the outlook that would be right,
Where he would be complete in an unexplained completion:

The exact rock where his inexactnesses
Would discover, at last, the view toward which they had edged,

Where he could lie and, gazing down at the sea,
Recognize his unique and solitary home.

거기 있었다. 말에 말이 쌓여
산을 대신하였던 시.

비록 그 책이 테이블 밑 먼지 속에 엎어져 있을 때도

신비한 신학: 지금 있음에서 존재로

그는 그 산소를 숨 쉬었다.

그 책은 그가 자기만의 방향으로 갈 장소를
얼마나 필요로 했었던지,

그가 어떻게 소나무들을 다시 짓고 바위들을 옮겨
구름 사이로 자신의 길을 내어

꼭 맞는 전경을 구했었는지를 생각나게 했다.
형언할 수 없는 완성감으로 충일하게 될 그곳,

그 위에서 그의 부정확함들이 깎아질러 펼치는 전경을
마침내 발견할 정확한 바위를 (구했었는지를).

그곳에 그는 누워, 바다를 내려다보며,
독특하고 고즈넉한 자신만의 집을 알게 될 것이었다. (CP 512)

1951년 발표된 "마음속 연인의 마지막 독백"(Final Soliloquy of the Interior Paramour)에서 마음속 연인은 "상상된 세계가 가장 좋은 것"(The world imagined is the ultimate good.)이라 고백하는데, 그 이유는 마음속 상상력이 세계와의 "가장 강렬한 만남"(the intensest rendezvous)을 이룬 순간, 서로가 하나의 숄 안에 단단히 여미어져, 가난에도 불구하고 "어떤 안온함, 하나의 빛, 일종의 힘, 신비스러운 감화"(a warmth / a light, a power, the miraculous influence) 속에 거함을 느끼고 있기 때

신비한 신학: 지금 있음에서 존재로

문이다. 그녀는 이어 이러한 만남을 가능케 한 "하나의 질서", "하나의 전체"를 감지하는데, 이러한 경험은 곧 "상상력과 신은 하나"라는 선언으로 이어지고 있다.

Light the first light of evening, as in a room
In which we rest and, for small reason, think
The world imagined is the ultimate good.

This is, therefore, the intensest rendezvous.
It is in that thought that we collect ourselves,
Out of all the indifferences, into one thing:

Within a single thing, a single shawl
Wrapped tightly round us, since we are poor, a warmth,
A light, a power, the miraculous influence.

Here, now, we forget each other and ourselves.
We feel the obscurity of an order, a whole,
A knowledge, that which arranged the rendezvous.

Within its vital boundary, in the mind.
We say God and the imagination are one···
How high that highest candle lights the dark.

Out of this same light, out of the central mind,

신비한 신학: 지금 있음에서 존재로

We make a dwelling in the evening air,
In which being there together is enough.

저녁 첫 불빛을 밝히라.
우리가 쉼을 얻은 어느 방 안에서 불현듯,
상상된 세계가 궁극의 선이라 생각할 때.

그러므로 이것이 가장 강렬한 만남. 그 생각
안에서 우리는 모든 무심함들에서 벗어나
우리를 하나로 궁굴린다.

단일한 하나, 하나의 숄 안에, 우리 가난하기에
옹송그려 여며 두른 채, 어떤 다스함,
하나의 빛, 하나의 힘, 신비로운 감화력 안에.

지금 여기, 우리는 서로를, 또 자신들을 잊고
어떤 질서, 하나의 전체, 이 만남을 주선한
어떤 앎이 있음을 어렴풋이 느낀다.

마음속, 그 생명의 테두리 안에서.
우리는 신과 상상력은 하나라 말한다….
그 지고의 촛불은 얼마나 높직이 어둠을 밝히는가.

바로 그 빛으로, 중심 마음으로부터
우리는 저녁 대기 속 한 거처를 마련한다.

신비한 신학: 지금 있음에서 존재로

그곳에 함께 지금 있음으로 충분한 거처를. (CP 524)

이 시는 연인 사이의 만남을 그린 사랑 시인 듯 보이지만, 중요한 것은 이 연인이 "마음속"에 거하고 있다는 사실이다. 마음속 상상력은 사물과 세계로부터 따뜻한 거처를 이루어 내고, 그것은 우리를 더 없는 편안함으로 이끈다. 이 편안함은 가난한 세계에서 발견할 수 있는 "최상의 좋은 것"이기에, 우리는 그러한 만남을 가능케 한 "하나의 질서, 하나의 전체"의 존재를 어렴풋이나마 감지한다. 지금 여기의 평화와 충일감은 그 너머의 보이지 않는 존재에 대한 예감으로 확대되어 그는 "신과 상상력은 하나"라고 선언하는 것이다.

"하나의 질서"나 "하나의 전체"를 품은 미묘함으로서의 현실은 스티븐스의 말년의 시들에서 사람과 같이 숨을 쉬고 움직이며 서로에게 영향을 미쳐 변화를 가능케 하는 존재로 나타난다. "세계는 네가 만드는 것이라는 두 가지 예시들"(Two Illustrations that the World is What You Make of It)에서, 세계의 의미는 우리의 자의적인 노력과 해석에 달린 것이 아니라, 우리의 감각과 생각이 세계로부터 이끌어 낸 "또 다른 본성의 숨"(the breath of another nature)을 잠시 숨 쉼으로써, 세계와 사물들이 지닌 "변화하고 변화될 수 있는 힘" 속에 있는 것임을 말하고 있다. 즉 우리는 세계에 주어진 사물이나 현상들로부터 이미지를 얻고, 이를 자신의 것으로 내면화하여 세계를 인식하게 된다는 것이다. 첫 예시는 추운 겨울, 바람에 대해 "거대하고, 큰 소리로, 드높고, 세차다고" 느끼는 한 사람의 생각 속에서 바람에 적합한 이미지가 형성되고, 이 이미지가 그 자신이 되어 "또 다른 본성의 숨결을 자신의 것으로, 잠시 숨 쉬게"

신비한 신학: 지금 있음에서 존재로

되는 과정을 그리고 있다. 세계에 대한 인식은, 세계의 사물과 현상들이 주는 느낌들을 우리의 것으로 내면화하여 받아들이는 과정인 것이다. 스티븐스는 이를 외계의 기운을 우리의 호흡으로 받아들이는 과정으로 묘사하고 있는데, 이는 우파니샤드 철학에서 호흡을 통해 브라만과 일체를 이루는 아트만 개념과도 흡사하다.

Only the wind
Seemed large and loud and high and strong.

And as he thought within the thought
Of the wind, not knowing that that thought
Was not his thought, nor anyone's,

The appropriate image of himself,
So formed, became himself and he breathed
The breath of another nature as his own,

But only its momentary breath,
Outside of and beyond the dirty light,
That never could be animal,

A nature still without a shape,
Except his own—perhaps, his own
In a Sunday's violent idleness.

신비한 신학: 지금 있음에서 존재로

오로지 바람만

거대히, 큰 소리로, 드높고 세찬 것 같았다.

바람에 대한 생각 속에서 그 생각이
자신의 생각도, 다른 이의 생각도 아니라는
사실을 알지 못한 채 그가 생각하고 있는 동안,

그 자신이 지은 적절한 이미지가
그렇게 형성되어, 그 자신이 되었고, 그는
또 다른 본성의 숨을 자신의 것인 양 숨 쉬었다.

지저분한 빛의 밖에, 또 그 너머에
잠시 동안만 있던 숨,
결코 동물의 것일 리 없고,

그 자신의 것 아니면
여전히 형체가 없는 본성―아마도
일요일 격렬한 한가로움 속에 있는 그 자신의 것일지. (CP 513-14)

두 번째 예시는 "모든 것이 스스로 변모할 힘을 지니며, 더 나아가 변모될 힘을 지니"기에, 세계의 의미는 계절의 변화와 같은 자연의 변화 속에서, 우리의 감각이 지어내는 변화, 또 이를 경험하는 우리 자신의 변화 속에서 생긴다는 점을 보이고 있다. 이 예화 속의 사람은 한여름, 태양 빛을 반사하며 우뚝 선 전나무와 더불어, 자신도 태양으로부터 쏟아지는 "금 섞인 푸른빛"을 받아, "감각적인 여름"과 함께 최고로 확장되는 변화를 겪는다. 그러나 이러한 고양된 의미는 자의적인 계획(project)으로 달성되는 것은 아니다. 주인공은 한여름 전나무의 변모와 더불어 고양되었던 자아를 간직하려 조상을 기획하지만, 아이러니하게도 "모든 것이 지닌 변모할 힘"으로 인해 여름이 가고 난 후, 그의 계획은 "궁극적 확대"인 파편들로 조각 나 풀숲에 뒹굴게 된다.

> He had said that everything possessed
> The power to transform itself, or else,
>
> And what meant more, to be transformed.
> He discovered the colors of the moon
>
> In a single spruce, when, suddenly,
> The tree stood dazzling in the air
>
> And blue broke on him from the sun,
> A bullioned blue, a blue abulge,
>
> Like daylight, with time's bellishings,
> And sensuous summer stood full—height.
>
> The master of the spruce, himself,
> Became transformed. But his mastery

신비한 신학: 지금 있음에서 존재로

Left only the fragments found in the grass,
From his project, as finally magnified.

그는 말했었다. 모든 것은 스스로를
변모시킬 힘을 지니며, 혹은

더 의미 있게는, 변모될 힘을 지닌다고.
그는 한 그루의 전나무에서

달과 같은 색깔들을 발견했다. 그 순간, 갑자기,
그 나무는 대기 중에 반짝이며 일어섰고

푸른빛이 태양으로부터 그에게 쏟아져 내렸다.
금박 편들 품은 푸른빛, 마치 아침 햇살같이

시간의 빛나는 장식물들로 부풀어 오른 푸른빛,
그러자 감각적인 여름은 최고조에 달하였다.

그 전나무 지배자인 그 자신은
변모되었다. 하지만 그의 지배는

풀숲에서 발견된 파편들만을 그의
기획에서 최종적으로 확대된 것으로 남기었다. (CP 514-15)

세계가 지닌 "스스로 변모할 힘과 변모될 힘"은 "명상으로서의 세계"(The World as Meditation)에서 "명상"(meditation)의 형식을 통하여 사람과 교류하고 있다. 세계의 의미가 우리의 상상, 혹은 명상을 통하여 생긴다고 할 때, 이 과정은 세계가 지닌 사실들과 원리들에 순응 과정이라 할 수 있다. 현실 세계는 밤낮의 순환, 계절의 변화 같은 전 우주적 질서에서 보이는 보다 더 큰 명상 속에 있다고 스티븐스는 생각하였다. "명상으로서의 세계"는 우리의 끊임없는 바람과 상상이 지어내는 세계의 의미가, 실상은 세계 자체가 지닌 보다 더 큰 명상과 질서와의 교감 속에서 태어나고 있음을 말하고 있다. 퍼넬로피의 세계는 율리시즈의 귀환을 향한 끊임없는 바람과 명상으로 이루어진 것 같지만, 그녀의 세계가 의미를 얻는 것은 봄의 밝아 오는 아침, 떠오르는 태양과, 새롭게 된 나무들이 보이는 "비인간의 명상 속 / 필수적 수행"(an essential exercise / In an inhuman meditation) 속에서이다.

> Is it Ulysses that approaches from the east,
> The interminable adventurer? The trees are mended.
> That winter is washed away.
>
>   · · ·
>
> She has composed, so long, a self with which to welcome him,
> Companion to his self for her, which she imagined,
> Two in a deep-founded sheltering, friend and dear friend.
>
> The trees had been mended, as an essential exercise
> In an inhuman meditation, larger than her own.

No winds like dogs watched over her at night.

동쪽으로부터 다가오는 것은
끝없는 모험가, 율리시즈인가?
나무들이 수리된다. 저 겨울이 씻겨 사라진다.

· · ·

그녀는 오랫동안 그를 맞을 자신을 지어 왔다.
자신을 위한 그를 그리며 그에 친구 되어
깊숙이 자리한 처소의 두 사람, 친구와 정겨운 친구 되고자.

나무들이 수리되었다. 그녀 자신의 명상보다 더 거대한
비인간적 명상 속 필연적 수행인 듯.
어떤 혹독한 바람들도 밤에 그녀를 쏘아보지 않았다. (CP 521)

세계와의 교류에 있어 세계가 미치는 영향은 우리의 것인지, 세계의 것인지, 우리의 바람인지 그 경계가 모호하다. 분명한 것은 세계와 우리가 서로 교통하고 있다는 사실이며, 이 만남은 우리의 바람과 상상력 같은 내적인 힘이 세계 자체에 내재한 질서의 움직임에 조응함으로써 이루어진다는 것이다.

But was it Ulysses? Or was it only the warmth of the sun
On her pillow? The thought kept beating in her like her heart.
The two kept beating together. It was only day.

신비한 신학: 지금 있음에서 존재로

It was Ulysses and it was not. Yet they had met,
Friend and dear friend and a planet's encouragement.
The barbarous strength within her would never fail.

헌데 그것은 율리시즈였던가? 혹은 그녀 베개 위
햇볕의 따뜻함일 뿐이었을까? 그 생각은 심장인 양 그녀 안에서 계속 맥박 쳤고
그 둘은 함께 뛰었다. 날이 밝았을 뿐.

율리시즈였고 또 아니기도 했다. 허나 그들은 만났다.
친구와 다정한 친구와 행성의 격려.
그녀 마음속 야생의 힘은 결코 실패하지 않을 것이었다. (CP 521)

르겟(B. J. Leggett)은 이 시에서 퍼넬로피의 세계가 율리시즈의 귀
환을 향한 인간적 명상으로 지어지기보다는, 봄 아침 태양의 따스함과
나무들의 변모와 같은 세계 자체의 "비인간적 명상" 속에 들어 있다고
관찰하고(61), 스티븐스가 말년에 궁극적으로 제시한 허구는 "비인간적
명상으로서의 세계"(the world as inhuman meditation), 혹은 "우주적 상
상력으로서의 현실"(reality as cosmic imagination)이라는 주장을 하였다
(15). 르겟의 주장은 스티븐스 후기시에 들어 있는 세계와 사물 자체의
원리에 대한 관심을 환기시킨다는 점에선 중요하지만, "명상"이나 "상상
력"이 사람의 정신적 기능임을 감안할 때, 스티븐스는 사람의 명상이나
상상력을 통하여 소통하고 도달할 수 있는, 세계 자체에 내재한 정신적
가능성을 열어 보인 것이라고 보아야 할 것 같다. 스티븐스에게 현실이
나 세계는 늘 탐구와 발견의 대상이지, 어느 하나의 개념이나 허구로 제

시될 수 있는 것이 아니었다. 이 시의 에피그라프, "끊임없는 명상을 통하여 밤낮으로 그치지 않는 영원한 꿈을 살았다"라는 죠르제 에네스코(Georges Enesco)의 고백은 작곡가와 연주가에게 있어 악보와 세계에 대한 "명상"이, 음악이 표상하는 정신적 의미를 읽어내는 데에 "필수적 수행 과정"을 이룬다는 사실을 말한 것이다.

"들판들을 건너보며 새들이 나는 것을 관찰함"(Looking across the Fields and Watching the Birds Fly)은 조금 더 소박하고 과학적인 시각에서 세계와 사물들의 현상과 사람의 마음, 정신의 관계를 관찰하고 있다. 이 시의 주인공인 홈버그 씨(Mr. Homburg)는 "사태가 여의치 않은 위기"(at the edge of things)에 고향 콩코드로 돌아온 새로운 학자라는 점에서 에머슨(R. W. Emerson)을 환기시킨다. 그러나 촌뜨기(homespun), 혹은 고향 마을(home+burg)이라는 이름이 암시하듯, 시골 고향 들판에 새가 날아가는 모습을 맨눈으로 좇으며 세계의 의미를 읽어내려 한다는 점에서, 그는 자연현상으로부터 신의 섭리를 확신하는 이신론자(deist)도, 사람의 정신이 자연에 내재한 대령(oversoul)으로 이어진다고 주장하는 초절주의자(transcendentalist)도 아니다. 그에게 세계는 "우호적이지 않고, 그 어떤 이미지나 신념을 주게끔 설계되어 있지 않다." 그 어떤 가늠할 수 있는 형태도 없이 제비가 가르며 날아가는 "투명함" 속에 있는 세계는 그가 생각하기에도 너무 버거운 큰 요소인 것이다. 그의 세계는 "보는 것으로부터 알고, 듣는 것에서 느끼는 것, 우리인 것, 하늘부터의 통합의 소동 속에서 신비의 논란 너머에 있는 것, 우리가 생각하는 것, 바람과도 같은 숨결" 등 극히 경험주의적인 것인데, 이를 통하여 그는 막연히 자연에 "어떤 생각하는 성질, 어떤 기계적이고 약간

신비한 신학: 지금 있음에서 존재로

비호감적인 작용 방식(operandum)이 존재할지도 모른다"라는 생각에
이른다. 그는 자연세계로부터 모종의 "근원"(source)을 느끼는데, 그것은
"생각하는 것에 너무도 흡사하여 생각보다 못한 것이 될 수 없고, 매우
희미한 부모, 매우 아스라한 조상"을 이루며, "스스로 침묵 속에 뜨고 지
는 날마다의 명상의 위엄"을 지닌다.

>   ··· a breathing like the wind,
> A moving part of a motion, a discovery
> Part of a discovery, a change part of a change,
>
> A sharing of color and being part of it.
> The afternoon is visibly a source,
> Too wide, too irised, to be more than calm,
>
> Too much like thinking to be less than thought,
> Obscurest parent, obscurest patriarch,
> A daily majesty of meditation,
>
> That comes and goes in silences of its own.

>   ··· 바람과 같은 숨결,
> 움직임의 움직이는 부분, 발견의 일부인
> 발견, 변화의 변화하는 부분,

신비한 신학: 지금 있음에서 존재로

색을 공유하면서 색의 일부인 것.
오후는 드러나 보이는 근원.
너무 넓고, 너무 찬란해 고요함 이상일 수 없고,

생각하기와 아주 비슷해 생각 이하일 수 없는
가장 희미한 부모, 가장 아스라한 조상,
자신만의 침묵 속에 생기고 사라지는

나날의 명상의 위엄. (CP 518)

해가 뜨고 지며 바람이 거세다 잦아들며 계절이 바뀌는 자연의 변화를 따라 사람은 생각하고 움직이기에, 홈버그 씨는 "정신은 세계의 몸체로부터 온다"라는 자연주의적 결론에 도달한다. 물리적 세계에 내재한 "무뚝뚝한 법칙"(blunt laws)은 무슨 생각이나 있는 듯한 마음의 모습으로 사람 정신의 거울에 비치기에, 사람의 마음은 이를 답습하여 "제비가 시야의 끝까지 날아가듯, 매사 갈 수 있는 데까지 가보는 일들로 가득하다"라는 것이다.

The spirit comes from the body of the world,
Or so Mr. Homburg thought: the body of a world
Whose blunt laws make an affectation of mind,

The mannerism of nature caught in a glass
And there become a spirit's mannerism,

A glass aswarm with things going as far as they can.

정신은 세계의 몸으로부터 생기는 거라고
홈버그 씨는 생각하였다: 세계 몸체가 지닌
무뚝뚝한 법칙들이 마음의 모습을 띠어

자연의 습성이 어떤 거울에 잡히고
거기서 정신의 습성이 된다, 갈 데까지 멀리 가는
사물들로 북적이는 거울. (CP 519)

　　사람의 정신이 경험된 자연현상과 원리들을 모방한다는 것이 위 시에 들어있는 홈버그 씨의 생각이지만, 말년의 스티븐스 역시, 현실에 대해, 척박하고 단조로운 나날의 일상을 받아들이고 그로부터 "갈 수 있는 한도까지 가보는" 것에 중요한 의미를 두었던 것 같다. 이러한 태도는 삶의 비극성과 척박함 등의 한계를 수용하면서, 동시에 우리 마음의 잠재적 가능성을 최대한으로 신장해 보려는 겸허한 노력으로 나타난다. 위에서 살핀 퍼넬로피 마음속의 "야생적인 힘"(barbarous strength)이나, "조용하고 정상적인 삶"을 사는 사람의 "타오르는 인위적 촛불", 또 "마음속 연인"이 높이 들어 올려 어둠을 밝히는 "중심 마음"의 촛불 등은 모두 주변을 최대한으로 밝혀 보려는 힘들이라 하겠다.
　　"테이블 위의 행성"(The Planet on the Table)의 에어리엘은 자신이 쓴 시가 "기억된 시간"과 "그가 보고 좋았던 것"에 대한 것이기에 기뻤다고 말한다. 그가 쓴 시는 무슨 일을 일어나게 할 수 있는 것도 아니고,

신비한 신학: 지금 있음에서 존재로

또 길이 살아남을 것을 염려하는 것도 아니다.[24] 주변 환경의 특성과 윤곽, 그 안 삶의 풍성함 등을 부족한 언어로라도 담아내어 그 환경의 일부를 이룰 수 있으면 족하다는 것이다.

His self and the sun were one
And his poems, although makings of his self,
Were no less makings of the sun.

It was not important that they survive.
What mattered was that they should bear
Some lineament or character,

Some affluence, if only half-perceived,
In the poverty of their words,
Of the planet of which they were part.

그 자신과 태양은 하나였고
그의 시들은, 비록 자신이 지은 것이었지만
꼭 같이 태양이 지은 것이기도 했다.

시들이 살아남는 것은 중요치 않았다.

---

24) 오든(W. H. Auden)은 "W. B. 예이츠를 기리며"(In Memory of W. B. Yeats)에서 "시는 그 어떤 일도 일어나게 하지 못하나, 살아남아 / 일어남의 한 방식, 하나의 입"을 이룬다고 주장하였다(poetry makes nothing happen: ··· it survives, / A way of happening, a mouth).

신비한 신학: 지금 있음에서 존재로

중요한 것은 그들이 일부를 이룬
그 행성의 윤곽과 특성,

절반이라도 인식된 그 풍성함을
그들 언어의 가난함 속에
지녀야 한다는 것이었다. (CP 532-33)

"정해진 화음의 노래"(Song of Fixed Accord)는 이른 아침 지붕 위
에서 비둘기가 내는 소리를 묘사하고 있지만, 그 소리가 그에게 주어진
고되고 단조로운 일상을 "사랑"과 "슬픔"으로 최대한 품은 것임을 말한
다. 비둘기는 지난밤 우박과 비에 젖고 시달려 비참하지만, 주어진 아침
시간의 일정을 "정해진 천국"으로 수용하고, "우박 후의 무지개"를 노래
하는 점에서 "주"(lord)라는 단어와 함께 기독교에서 비둘기가 상징하는
예수나 성령의 의미와 겹쳐 있다.

Rou-cou spoke the dove,
Like the sooth lord of sorrow,
Of sooth love and sorrow,
And a hail-bow, hail-bow,
To this morrow.

She lay upon the roof,
A little wet of wing and woe,
And she rou-ed there,

신비한 신학: 지금 있음에서 존재로

Softly she piped among the suns

And their ordinary glare,

The sun of five, the sun of six,

Their ordinariness,

And the ordinariness of seven,

Which she accepted,

Like a fixed heaven,

Not subject to change…

Day's invisible beginner,

The lord of love and of sooth sorrow,

Lay on the roof

And made much within her.

구구 비둘기가 말했지.

슬픔의 진실된 군주처럼.

진정한 사랑과 슬픔에 대해,

우박 후 무지개, 우박 후 무지개에 대해

이 아침에 대해.

지붕 위에 깃들어 그녀는

날개도 약간 젖고 비참으로도 조금 젖은 채

그곳에서 구구 소릴 내었지.

태양들과 그들의 일상적 광채 사이로

신비한 신학: 지금 있음에서 존재로

그녀는 부드러이 관을 불었지.

다섯 시의 태양, 여섯 시의 태양,
그들의 일상,
또 일곱 시의 일상
그녀는 그것들을 받아들였지.
결코 변함없을

고정된 천국으로…
하루의 보이지 않는 시작자,
사랑과 진정한 슬픔의 군주는
지붕 위에 깃들어
마음속으로부터 많은 것을 지어 내었지. (CP 519-20)

"로마의 노 철학자에 부쳐"(To an Old Philosopher in Rome)는 로마의 소박한 수도원에서 말년을 보내며, 상상력을 통해 사람이 나아갈 수 있는 한계까지 최대한 사고를 이어갔던 철학자 조지 산타야나(George Santayana)를 추모하는 시이다. 산타야나는 전통적으로 당연시되어 온 많은 인식들이 생각의 허구임을 밝히고, 구체적 경험의 순간적 인식으로부터 "핵심의 영역"(the realm of essence)의 발견에 이르는 과정을 중요하게 생각하였다(Levinson 296, Leggett 82). 스티븐스는 산타야나의 오랜 명상과 탐구의 끝, 임종의 순간에, 보잘것없는 일상의 사물들이 무한한 가능성의 세계 문턱에서 궁극적이고 총체적인 변용에 이르게 되었음을 말하고 있다. 시의 첫 부분은 로마의 거리와 수도원[25]의 조졸한 일상 현실이 산타야나의 명상들이 부여한 원근법 속에서 더 높은 차원의 로마로 확대, 합일되고 있음을 그리고 있다.

On the threshold of heaven, the figures in the street
Become the figures of heaven, the majestic movement
Of men growing small in the distances of space,
Singing, with smaller and still smaller sound,
Unintelligible absolution and an end —

The threshold, Rome, and that more merciful Rome
Beyond, the two alike in the make of the mind.
It is as if in a human dignity
Two parallels become one, a perspective, of which
Men are part both in the inch and in the mile.

How easily the blown banners change to wings···
Things dark on the horizons of perception
Become accompaniments of fortune, but
Of the fortune of the spirit, beyond the eye,
Not of its sphere, and yet not far beyond,

The human end in the spirit's greatest reach,

---

25) 산타야나는 1941년 가을부터 로마의 산토 스테파노 로톤도(Santo Stefano Rotondo) 에 있는 한 카톨릭 수녀원(Covenant of Blue Sisters)의 요양병원에 거하였다(T. D. Armstrong 351).

신비한 신학: 지금 있음에서 존재로

The extreme of the known in the presence of the extreme
Of the unknown….

천국의 문턱에서 길가의 형상들은
천국의 형상이 된다. 공간의 물러남
속에서 점차 작아지는 사람들의 장엄한
움직임, 노랫소리 잦아들고 잦아들다
알 수 없이 녹아들고 (사면되어) 끝난다.

문턱 로마와 그 너머 더 자비로운 로마
마음의 지음 안에서 같아진 그 둘.
마치 인간의 존엄 속에서
두 평행선이 하나가 되어 하나의 전망을
이루고 사람들은 가까이, 또 멀리서 그 전망의 일부가 된 듯이.

날리는 깃발들은 얼마나 쉽게 날개들이 되는가.
인식의 지평선들에 있던 어둑한 것들이
행운의 부산물들이 된다. 눈에 보이는 영역 너머,
하지만 아주 멀리 넘어서는 것은 아닌
영적인 행운의 부산물들.

정신의 광대한 영역 속 인간적인 끝
알려지지 않은 것들의 최극단 앞에,
알려진 세계의 극단…. (CP 508)

신비한 신학: 지금 있음에서 존재로

산타야나의 "마음의 지음"(make of the mind) 속에서 가난하고 비참한 일상은 그 너머의 삶과 하나가 되어, 현실의 침대와 책상과 의자, 또 얼룩진 수도원의 벽과 천장은 "총체적인 건조물에 서린 총체적인 장엄함"(total grandeur of a total edifice), 곧 "가능한 천상의 것"(the celestial possible)을 이루어 냈다고 스티븐스는 기리고 있는데, 이는 곧 노년의 스티븐스가 현실의 시를 통하여 이르고자 한 정신적 이상을 말한 것이라 할 수 있다. 감각과 사물, 또 이들의 경험이 이루는 현실의 삶을 벗어나지 않으면서, 이들을 포용하는 전체적 테두리를 투사하는 "마음의 지음" 과정은 바로 삶의 배후에 숨어 작용하고 있는 "형이상으로서의 상상력"에 다름 아니었다.

> It is a kind of total grandeur at the end,
> With every visible thing enlarged and yet
> No more than a bed, a chair and moving nuns,
> The immensest theatre, and pillared porch,
> The book and candle in your ambered room,
>
> Total grandeur of a total edifice,
> Chosen by an inquisitor of structures
> For himself. He stops upon this threshold,
> As if the design of all his words takes form
> And frame from thinking and is realized.

그것은 마지막에 서린 일종의 총체적 장엄

신비한 신학: 지금 있음에서 존재로

보이는 모든 것이 확대되었으면서도
침대, 의자, 움직이는 수녀들이 그대로인,
가장 광대한 무대, 원주가 떠받친 입구,
어둑한 그대 방안의 책과 촛불,

전체 건조물의 총체적 장엄
구조들을 혼자 힘으로 탐색하였던
탐구자의 선택, 그는 이 문턱에서 멈추었다.
마치 그의 모든 말들의 설계가 생각으로부터
형태와 틀을 취하여 구현된 듯이. (CP 510-11)

　　형이상으로서의 상상력이 스티븐스에게 중요했던 것은 그것이 "가난한 자들과 죽은 자들의 비참으로부터 심오한 시를 발견"(finding… / Profound poetry of the poor and of the dead, CP 509)해내기 때문이었다. 스티븐스의 생각에 산타야나는 그의 명상과 상상력을 통하여 가난한 일상 현실과 그 너머의 "가능한 천상"이라는 두 평행선을 하나의 퍼스펙티브 안에 그러안는 "인간적인 위엄"(human dignity, CP 508), 곧 "총체적 장엄"을 이룬 사람이었다. 삶의 곳곳에 서려 있는 형이상학으로서의 상상력은 지상의 시를 통해 종교의 도움 없이 구원의 가능성을 탐구하였던 노년의 스티븐스가 시적 관심의 핵심에 두었던 생각이라 여겨진다. 아래의 인용문은 어둡고 허름한 로마의 수도원 방 안에서 산타야나의 마음이 지어낸 "총체적 장엄"을 "가장 깊은 피의 마지막 방울", "천국의 시민"이 지닌 "왕국의 피"에 비유하고 있는데, 이는 예수가 십자가 위에서 흘린 고통과 비참의 피가 바로 인류의 구원을 약속하는 천국의 피였던 사실을 염두에 둔 것이다.

       ··· and yet finding it [the grandeur]
Only in misery, the afflatus of ruin,
Profound poetry of the poor and of the dead,
As in the last drop of the deepest blood,
As it falls from the heart and lies there to be seen,

Even as the blood of an empire, it might be,
For a citizen of heaven though still of Rome.
It is poverty's speech that seeks us out the most.
It is older than the oldest speech of Rome.
This is the tragic accent of the scene.

      ···그러나 [그대], 그것[장엄]을 찾은 것은
오로지 비참 속, 쇠락의 숨결 속에서였다.
가난한 자들과 죽은 자들의 심오한 시,
마치 가장 깊은 혈액의 마지막 한 방울에서인 양,
심장에서 흘러내려 그곳에 놓여,

한 왕국의 피,
로마이자 천국의 한 시민에겐, 아마도,
한 왕국의 피로까지 보이게 될 것.
우리에게 가장 깊이 와닿은 것은 가난함의 언어.
그것은 로마의 가장 오랜 연설보다도 오랜 것,

신비한 신학: 지금 있음에서 존재로

이것이 이 광경에 비극성을 더한다. (CP 509–10)

　　현실에서의 구체적 사물이나, 한순간의 경험의 끝에서 그 너머의 정신적 존재를 잠시 감지하는 것은 스티븐스가 말년에 "갈 수 있는 한 가장 멀리" 도달한 지점이었다. 그의 말년의 시로 흔히 언급되는 "그저 지금 있음에 대하여"(Of Mere Being)는 생각의 끝에 감지하게 되는 보다 더 큰 공간의 존재와 그것이 주는 평화로운 위안을 그리고 있다. 유한한 사람의 생각과 노력은 주어진 현실 앞에서 늘 비극과 가난함을 면할 수 없다. 그러나 생각과 노력이 다해 "그저 있는" 어느 순간 우리는 우리 너머 더 너른 세계의 존재와 조우하는 "영적인 행운"(fortune of the spirit, CP 508)을 누리게 되는 것이다. 이 시에서 "지금 있음"을 언어로는 포착될 수 없는 "비인간적 느낌"(non-human sense, Ziarek 83)이라 보는 연구도 있으나, 스티븐스의 "지금 있음"은 거의 언제나 "지금 여기"에서 경험 가능한 형상을 지칭함을 생각할 때, "그저 지금 있음"은 현실적 노력의 끝에 마주하게 되는 종교적 깨달음이나 체념 상태에서 마음속에 이는 이미지(비전)라고 볼 수 있겠다. 생각이 다 한 뒤, 마음 끝에 일어서는 종려나무와 그에 깃든 금빛 새는 실체가 없는 "그저 지금 있는" 한순간의 허구의 이미지들이다. 그러나 이들 이미지들은 마음 끝에서, "사람의 의미와 느낌이 없는, 외계의 노래"로, 생각 너머 더 너른 공간 속으로 우리를 인도하고, 이 빈 공간으로부터 불어오는 "느린 바람"은 한없는 위로와 평안을 축복으로 선사한다는 점에서 경계적 성격(liminal aspects)을 지닌다. 현실의 사물들과 그에 대한 이미지들은 지금 있음이면서 그 너머의 보이지 않는 존재(presence)로 말없이 우리를 이끈다.

신비한 신학: 지금 있음에서 존재로

The palm at the end of the mind,

Beyond the last thought, rises

In the bronze decor,

A gold-feathered bird

Sings in the palm, without human meaning,

Without human feeling, a foreign song.

You know then that it is not the reason

That makes us happy or unhappy.

The bird sings. Its feathers shine.

The palm stands on the edge of space.

The wind moves slowly in the branches.

The bird's fire-fangled feathers dangle down.

마음의 끝 종려나무

마지막 생각 너머로,

청동빛 장식으로 일어선다.

금빛 깃의 새가

종려나무 속에 노래한다. 사람의 의미,

사람의 느낌 없는 낯선 노래.

그때 우리는 안다.

우리를 행복하게, 또 불행하게 하는 것이
이성이 아니란 것을.
새는 노래하고, 깃털은 빛난다.

종려나무는 공간의 가장자리에 서 있다.
바람이 서서히 그 가지에 불어들고,
새의 불빛 반짝이는 깃털들은 아래로 드리운다. (CPP 476-77)

"달빛에 관한 노트"(Note on Moonlight)는 "그저 지금 있는" 사물 너머, 달빛 비친 밤의 공간을 조명하고 있다. 어두운 밤 하나의 달빛은 사물을 비추어, 실물보다 더하거나 덜한 모습으로 다양한 "지금 있음"을 드러낸다. 노년의 스티븐스는 사물의 "지금 있음"을, 세계와 사물이 지닌 목적들(purposes)과의 관련 속에서 생각하고 있다. 그에게 지금 있음은 사물이 지닌 여러 가능한 목적들 중, 달의 본성이 일깨워 가장 먼저 나온 목적이 그 "표면"에 드러난 것이다. 달빛은 산을 "확장, 고양되어 거의 한 느낌이 된" "본질의 존재"로 추상화하기에, 실제 산보다 덜한 것 (an object the less)으로 비춘다. 달빛 아래 길가에 기다리고 있는 어떤 형체는 총잡이, 혹은 연인 같은 불확실한 형체의 움직임으로도 보이고, 밤의 어둠이 주는 두려움으로 인해, 실제보다 부풀린 것(an object the more)으로 드러난다. 달빛은 한 가지이나, 그 아래 사물들은 시간과 장소, 또 보기에 따라 수없이 다양한 "지금 있음"으로 나타나기에, 스티븐스는 "달빛 비친 청명한 밤의 고요함"은 "본연의 생명"을 지닌 "하나의 힘"(a power)으로 "활발히 움직이는" 존재로 파악한다. 하나의 달빛 아래 다양한 모습의 우주는 우리 마음속 내부의 소리에 공명하는 "보이려는 의도"(intended to be seen)를 목적 속에 지니고 있음을 스티븐스는 확신하고 있는 것이다.

So, then, this warm, wide, weatherless quietude
Is active with a power, an inherent life,

In spite of the mere objectiveness of things,
Like a cloud-cap in the corner of a looking-glass,
A change of color in the plain poet's mind,
Night and silence disturbed by an interior sound,

The one moonlight, the various universe, intended
So much just to be seen — a purpose, empty
Perhaps, absurd perhaps, but at least a purpose,
Certain and ever more fresh. Ah! Certain, for sure ⋯

그러므로 따스하고, 광대하며, 날씨 없는 이 고요는
하나의 힘, 본연의 생명으로 활발하다.

사물들의 단순한 물성에도 불구하고
마치 거울 속 귀퉁이 구름모자처럼,
평범한 시인 마음속 색조가 변하듯,
내면의 소리로 깨어난 밤과 고요함,

하나의 달빛, 다양한 우주, 그렇게 많은 것이

단지 보이게끔 의도되었다 ― 하나의 목적,

텅 비었고, 아마도 터무니없을지라도, 적어도 한 목적,

확실하고 언제나 더욱 새롭다. 아! 확실하고 말고 … (CP 532)

신비한 신학: 지금 있음에서 존재로

맺는 말

　현실과 사람 마음(상상력)의 관계는 스티븐스 시에서 중요한 주제이지만, 그에게 더욱 중요했던 문제는 20세기 전반 삶의 현실에서 시의 효용에 대한 것[26]이었다는 사실은 너무 가볍게 취급되거나 괄호 안에 넣어지는 것 같다. 그는 말년에, 사람들이 허구라고 알면서도 그 안에서 자신들에게 충족(fulfillment)을 제안할 수 있는 "최고 허구의 가능성을 제시"하는 것이 자기 시의 중심 주제임을 밝히고, 시는 이러한 허구를 만들어 내는 데 매우 중요한 의미를 지닌다고 적었다(L 820). "사람들이 스스로의 삶에 충족을 기약할 수 있는 최고 허구"란 과거 신화나 종교,

---

26) 프랑크 커모드(Frank Kermode)는 신이 사라진 궁핍한 시대, 시인의 존재 이유에 대한 횔덜린(Friedrich Hörderlin)의 질문(Wozu Dichter?)과, 횔덜린의 이 질문을 1946년 릴케(Rainer Maria Rilke) 서거 20주년을 기념하는 글의 제목으로 인용했던 하이데거의 문제의식을 스티븐스도 공유하고 있었다고 지적한다(264).

혹은 철학에서 제시했던 삶 전체에 관한 거대 담론들을 대신하여 "세계에 대한 믿음"(la confiance au monde)을 되찾아 줄 새로운 텍스트를 의미한다. 20세기 초중반을 살았던 스티븐스에게 이 문제는 기독교적 현실관, 마르크스의 유물론적 현실관, 과학 실증주의적 현실관, 모더니즘의 현실관, 공산주의와 전체주의, 소비문화와 기술의 발달 등이 얽힌 혼란 속에서 믿을 만한 현실을 새로이 제시해야 하는 막강한 작업이었다. 당대 미국의 자연 현실, 대공황과 전쟁들로 급변하던 사회 현실, 또 자신의 족보 연구를 통해 깨달은 역사적 현실을 경험하며 스티븐스가 시를 통하여 일관되게 천착하였던 것은 무엇이 삶의 바탕 현실을 구성하며, 기존의 종교적 믿음을 대신할 믿을 만한 현실은 어떤 것인지를 탐구하는 문제였다. 스티븐스의 시가 어려운 것은 현실 구성 원리에 대한 그의 철학적 관심에 기인하며, 또 그가 발견한 현실이 일상 경험 현실뿐 아니라, 현실 전체에 대한 통찰과 암시, 또 그를 위한 끝없는 탐색을 담고 있어서일 것이다.

후기 스티븐스의 시적 관심은 현실에 대한 믿을 만한 최고의 허구가 어떠한 형식으로 어떻게 가능하게 될지를 모색하고, 말년의 몇몇 시에서 조심스레 세계와 사람의 마음 작용과 그를 넘어서는 전체를 암시해 보는 데 있었다. 그가 말년에 최종적으로 발견한 것은 현실이 늘 변화하며 무한한 가능성 속으로 열려 있기에 최고의 허구는 지금 여기의 현실 표면으로부터 현실 전체의 모습을 통찰, 투사함으로써 일시적으로 가능해진다는 것이었다. 그것은 세계나 자연의 타자성, 시간의 변화, 또 죽음과 같은 물리적 한계 속에서, 지금 여기의 필요나 바람에 따라 현실을 가능한 정직하게 읽어내어 현실이 지닌 가능성을 실현시킴으로써, 일정

신비한 신학: 지금 있음에서 존재로

시공 안의 삶에 물질적, 정신적 충족을 가능케 하는 것이었다. 스티븐스는 1948년 한 글에서 철학자 루이스(H. D. Lewis)를 인용하여 시가 중요한 것은 그로부터 추출되는 도덕적 진실 때문이 아니라, "구체적 현실을 특별한 방식으로 말함으로써 현실을 드러내기 때문"이라 하고 "당대의 깊은 필요에 부응하는 현실을 발견할 수 있는 가능성"에 시의 중요성이 있다고 적었다(NA 98-99).

1947년 이후, 스티븐스는 일상의 경험 현실에서 출발하여, 있는 그대로의 현실을 포착하는 작업에 본격적으로 몰두하였고, 그 결과 그는 상상력의 시적 작용이 늘 가미되어 변화해 가는 세계 자체의 있음에 주목하였다. 그가 궁극적으로 발견한 것은 "달빛에 관한 노트들"(Notes on Moonlight)에서 보듯, "보이려는", 혹은 "읽히려는" 목적과 의도를 지닌 세계와 사물이 말없는 침묵 속에 우리 곁에 임재(present)하고 있기에 우리의 상상력이 그 표면을 비추어 다양한 "지금 있음들"이 있게 된다는 사실이었다. 이러한 현실관은 세계와 우리 마음이 지닌 가능성에 근거하기에 초월적 존재에 대한 믿음을 대신하여 삶의 바탕을 긍정하게 하고, 또 새로운 실현과 충족을 가능케 할 수 있는 것이다. 1951년 스티븐스는 현실과 상상력에 관한 일곱 편의 글을 모은 산문집 『필요한 천사』(*The Necessary Angel*)를 펴내면서 서문에 다음과 같이 썼다.

최근에야 나는 경험의 섬세화, 외면의 다양화로서의 시적 활동들에 대해 다음과 같이 말하였다. "현실은 끊임없이 비현실에 잠식된다…. [시]는 표면의 조명이며, 한 자아가 바위에서 움직이는 것이다." 신비주의에서 벗어난 단어들로 현실에 변용을 일으킬 수 있는 힘은 현실을 고양시키려는 우리의 바람과는 별개의 힘이다. 현실은 고양을 필요로 하지 않는다. 뛰어난 이가 그것을 제시할 수 있으면 그저 제시되기만 하면 된다.

Only recently I spoke of certain poetic acts as subtilizing experience and varying appearance: "The real is constantly being engulfed in the unreal …. [Poetry] is an illumination of a surface, the movement of a self in the rock." A force capable of bringing about fluctuations in reality in words free from mysticism is a force independent of one's desire to elevate it. It needs no elevation. It has only to be presented, as best one is able to present it. (NA viii)

스티브스는 "실재"나 "진리" 등 철학적, 종교적 개념, 혹은 당대의 정치 사회 경제가 보이던 혼란한 삶의 현실로부터가 아니라, 이들 모두를 배경에 두고 살아가는 우리 일상의 감각과 느낌, 생각을 통해 현실의 구성 원리를 조명하였다는 점에서, 경험적이면서도 보이는 현실 너머를 가늠했던 독특한 시인이었다고 할 수 있다. 이 책에서 주로 다룬 것은 1947년 이후 작품이지만, 스티브스가 1946년 여름에 쓴 시 "여름의 신임장들"(Credences of Sumer)에도 바위라는 구체적 자연물이, 삶의 근저에 놓인 불가해성이면서 우리의 삶을 든든히 지탱해주는 확고한 바탕인 동시에 경험 가능한 현실 최극단의 평안과 신비한 위엄을 지니고 있는 존재임을 말하는 부분이 있다.

The rock cannot be broken. It is the truth.
It rises from land and sea and covers them.

It is a mountain half way green and then,
The other immeasurable half, such rock
As placid air becomes. But it is not

A hermit's truth nor symbol in hermitage.
It is the visible rock, the audible,
The brilliant mercy of a sure repose,
On this present ground, the vividest repose,
Things certain sustaining us in certainty.

It is the rock of summer, the extreme,
A mountain luminous half way in bloom
And then half way in the extremest light
Of sapphires flashing from the central sky,
As if twelve princes sat before a king.

바위는 깨질 수 없다. 그것은 유일한 진리.
그것은 땅과 바다에서 솟아 그들을 덮는다.
그것은 중턱까진 초록이고, 그다음
잴 수 없는 절반은 고요한 대기가 어울리는
그런 바위이다. 하지만 그것은

은자의 진리도 아니고, 숨어있는 상징도 아니다.
그것은 눈에 보이는 바위, 귀로 들을 수 있는 것,
확고한 평안이 지닌 빛나는 자비,

맺는 말

여기 지금의 땅 위, 가장 또렷한 안식,
확실함으로 우리를 지탱해주는 확실한 것들,

그것은 여름의 바위, 끝까지 닳은 것,
중턱까지는 펼쳐지며 빛을 발하고
나머지 절반은 하늘 한가운데로부터 번쩍이는
사파이어들의 더할 나위 없는 빛 속에 잠겨 있다.
마치 어느 왕을 알현하는 열두 왕자들처럼. (CP 375)

위의 시에 비해 스티븐스가 1950년에 쓴 "바위"는 긴 시간의 흐름
속에서 바위를 뒤덮은 수많은 나뭇잎(leaves), 즉 시들이 주는 "치유"
(cure)의 효과에 주목하고, 밤낮이 있는 삶의 공간을 지키는 "문"(gate)으
로서의 바위에 찬송을 바치고 있다는 점에서 물리적 세계와 시의 관계,
또 그 사이에 마련되는 삶의 현실에 대해, 보다 깊고 전체적인 이해를
보이고 있다.

스티븐스에 관한 많은 비평이 1942년 발표된 시 "최고 허구를 위한
노트들"(Notes Toward a Supreme Fiction)에 주목하면서도, 이후의 그가
정작 "그 안에서 삶에 충족을 제안할 수 있는" 믿을 만한 허구를 이루었
는지, 이루었다면 어떤 것이었는지에 대해 별반 뚜렷한 답을 찾지 못하
고 있다.27) 이것은 "노트들"이 실린 시집 『여름으로의 여행』 이후, 즉

---

27) 브라질(Gregory Brazeal)이나 재러웨이(David Jarraway)는 스티븐스가 "최상의 허구"
를 끝내 이루지 못하였다고 보는 반면, 르겟(B. J. Leggett)은 "우주적 상상력"(cosmic
imagination)으로서의 현실을 제시함으로써 말년의 스티븐스가 최상의 허구를 이루
었다고 주장한다.

신비한 신학: 지금 있음에서 존재로

1947년 이후의 후기시들이 매우 추상적이어서 그에 대한 전체적인 조망을 어렵게 하기 때문이기도 하다. 스티븐스가 현실에 대한 최고의 허구를 끝내 제시하지 못하고 단지 그 가능성만을 탐구하는 데 그쳤다는 인상을 주는 것은, 그가 추구했던 현실에 관한 최고의 허구 자체가 "보이려는" 목적과 의도를 지닌 세계와 사물로부터 늘 "변화"하며 "새로이 규정될 가능성" 속에 있는 것이기 때문일 것이다. 스티븐스가 말년에 투사하려 했던 현실에 관한 최고의 허구는 하나의 가시적 형태로 굳어진 것이 아니라, 특정 시간과 공간 속에서 그때그때의 필요에 따라 현실로부터 이루어져야 한다는 점에서, 이상적 공화국 질서 유지를 위해 제시되었던 플라톤(Plato)의 "거대한 신화"(magnificent myth)[28]나 당대의 나치즘, 공산주의와 같은 전체주의, 또 대량생산과 소비, 기술 중심의 문화에 따르는 획일주의에 대비되는 다원성을 특징으로 한다. 하나의 허구가 아니라, 변화하는 현실에 비추어 늘 수정되고 정화되어야 할 것을 말하였다는 점에서, "추측들과 논박들의 과정"(a process of conjectures and refutations, Vallbe 142 재인용)으로서의 지식을 제안한 칼 포퍼(Karl Popper)의 견해와도 비슷하다. 19세기 말 니체(Friedrich Nietzsche)도 삶의 현실 표면은 온통 "필요한 허구"(necessary fictions)로 덮여 있다는 점을 인식하였으나(Keane 81 재인용), 그러한 허구들이 일정 시공의 사람들의 삶의 현실에 지닐 수 있는 사회, 정치적 의미에 대하여, 또 물리적 세계와의 관련 속에서 지니는 정신적 의미에 대하여 진지하게 생각하지 않았던 것 같다.

---

28) Plato, *The Republic*, Book III, 414b-15d. Tr. Desmond Lee. London: Penguin Books, 2007: 115-17. 흔히 "고상한 거짓"(the noble lie)으로 번역된다.

스티븐스는 1943년 헨리 처치에게 보낸 한 서한에서, "최고의 허구를 위한 노트들"의 목적은 "신에 대한 생각"과 "사람에 대한 생각"에 맞서 "제3의 생각"의 가능성을 제시하는 것이라 밝히고, 그 생각이란 "당대의 인본주의에 주로 결여된 것을 채워줄 어떤 허구의 지금 있음, 혹은 상태, 혹은 믿음의 대상으로서의 사물에 대한 생각"이라 적었다.

> We are confronted by a choice of ideas: the idea of God and the idea of Man. The purpose of the "NOTES" is to suggest the possibility of a third idea: the idea of a fictive being, or state, or thing as the object of belief by way of making up for that element in humanism which is its chief defect. (Bates 1985, 203)

이로 미루어 스티븐스가 후기시들에서 탐구하였던 "지금 있음"은 기존의 종교와 당대의 인본주의 모두에 대한 대안으로, 사람들이 "허구인 줄 알면서도 믿고 삶의 충족을 기약할 수 있는" "최고의 허구"의 일부였다고 할 수 있다. 스티븐스의 "지금 있음"은 사람의 마음 작용을 통해 드러나면서도, 사물들과 세계가 지닌 법칙과 가능성 안에서 다양한 모습으로 탄생하기에 인간 중심주의나 하나의 가치로 굳어지는 것으로부터 자유로운 채, 있는 대로의 현실 속으로 믿으며 나아갈 수 있게 하는 것이다. 스티븐스의 시 전집에 포함되지 않은 말년의 시[29], "그대 방에서 나가며"(As You Leave the Room)는 방 안에서 현실의 전모를 질문하며,

---

29) 모어스(Samuel French Morse)는 이 시가 1947년 썼던 "First Warmth"를 앞부분으로 삼고, 뒷부분을 말년에 덧붙였다고 추측하고 있다(Opus Posthumous, ed. by Samuel French Morse (New York: Alfred A. Knopf, 1980), p. xvii).

"파인애플과, 만족할 수 없는 마음과, 믿을 만한 영웅과 여름에 관한 시"를 썼던 자신 역시 장롱 속에서 나온 해골이 아니라, 현실에 내린 "눈"을 만지고 감상하며, 또 그로부터 고양감을 얻는 "오늘의 인물"임을 천명한다. 실제 차가운 눈을 만지며 고양되는 마음은 여전히 "비실제"(what is unreal)이지만, 이러한 비실제의 개입이 있는 대로의 현실을 변화시키는 것은 아니다. 오히려 차가운 눈 내린 세계는 우리에게 감각을 통한 감사함과 고양감을 선물하면서 묵묵히 변함없이 일상의 믿을 만한 바탕을 이루고 있다. 이 시가 거의 스티븐스 말년에 쓰인 것으로 미루어, 스티븐스는 아마도 전 생애를 통한 현실에의 탐구를 홀가분히 접고 방 밖으로, 현실의 새로움과 가능성, 믿음 속으로 나아갔다고 할 수 있겠다.

> *You speak. You say*: Today's character is not
> A skeleton out of its cabinet. Nor am I.
>
> That poem about the pineapple, the one
> About the mind as never satisfied,
>
> The one about the credible hero, the one
> About summer, are not what skeletons think about.
>
> I wonder, have I lived a skeleton's life,
> As a disbeliever in reality,
>
> A countryman of all the bones in the world?

Now, here, the snow I had forgotten becomes

Part of a major reality, part of
An appreciation of a reality

And thus an elevation, as if I left
With something I could touch, touch every way

And yet nothing has been changed except what is
Unreal, as if nothing had been changed at all.

그대는 얘기하다 말한다. 오늘의 인물은
장롱에서 나온 해골이 아니라고. 나 역시 그렇다.

파인애플에 관한 시, 결코 만족이 없는
마음에 관한 시,

믿을 만한 영웅에 관한 시, 여름에 관한 시들은
해골들이 생각하는 것들이 아니다.

나는 묻는다. 내가 해골의 삶을 살아왔던가,
현실을 신봉하지 않는 사람,

세계의 뼛조각들이나 왼통 만지는 촌놈으로?
이제, 여기, 내 잊고 있었던 눈이

어떤 중요한 현실의 일부,
어떤 현실에 대한 감응의 일부가 되어,

어떤 고양감이 된다. 마치 내가 요모조모를 다
만질 수 있는 어떤 것과 함께 떠나갈 듯이.

하지만 비실제인 것을 빼면 아무것도
변한 것이 없다. 마치 예전부터 그 어떤 것도 전혀 변하지 않았던 듯.

(CPP 197-98)

  스티븐스의 "지금 있음"에 대한 탐구는 많은 점에서 "존재"와 "시간"
에 대한 하이데거의 철학과 유사하다. 스티븐스의 시 "촌사람"의 한 장
소에 있음과 검은 존재의 흐름, 또 장소의 이름에 숨이 들어 있다는 생
각이나, 사물의 의미가 그것들이 지닌 수많은 가능성을 향해 열려 있고,
또 그 가능성으로부터 지금 있음으로 드러난다는 생각, 단단한 물리적
세계의 바탕으로부터 시가 삶의 현실을 일구어 낸다는 생각, "지금 있음"
이 세계가 지닌 말없는 신비를 비춘다는 생각 등은 하이데거와 스티븐스
사이 평행을 잘 보여주는 예이다. 그러나 스티븐스는 거의 언제나 구체
적 장소와 주변 사물들로부터 시작해 주변 일상의 현실로 되돌아오는 시
인인 반면, 하이데거는 "존재" 자체에 대한 추상적인 사고를 전개시켰던
철학자라는 차이가 있다. 특히 나치에 협력하였던 하이데거에 비해, 스
티븐스는 공산주의를 위시한 모든 추상적, 전체주의적 사고의 허구성을
누구보다도 깊이 인식하고 있었다.

기존의 관념들을 사상하고, 순간마다 새로이 인식되는 현실을 중요시하였다는 점에서 스티븐스의 현실은 현상학적 현실에 가까운 것으로 논의되어 왔다. 그러나 후기의 스티븐스는 현실을 읽어내려는 주체의 의식과 지향성에 초점을 맞추기보다는, 현실의 "지금 있음"을 읽어내는 정신 작용이 배후 물리적 세계의 존재에 연결되어 있으며, 이 세계 자체가 "보이려는" 의도와 목적 속에 있음을 암시함으로써 물리적 세계에 대한 믿음을 되찾는 것을 중요하게 생각하였던 것 같다. 그는 새로 읽어낸 현실이 우리의 삶을 신선한 생명으로 되살려 영속시킨다는 점을 중요하게 생각했기에, 상상력과 삶의 현실의 관계에 대해 매우 실용적이고 역사적인 태도를 취하였다. 그는 자신이 태어나고 자란 한 지역의 토착적 현실에 충실했던 당대의 시인 존 크로우 랜섬(John Crow Ransom)에 대해 "현실로부터 하나의 전설을 만들어 낸"(CPP 819) 시인이라 평하였다. 스티븐스 역시 말년에 쓴 "코네티컷 강들 중 강"(The River of Rivers in Connecticut)에서 자신이 거했던 코네티컷에 "한 지역의 추상"(a local abstraction)으로 흐르는 "거대한 이승의 강"에 경의를 표하였다.

> . . . On its banks,

> No shadow walks. The river is fateful,
> Like the last one. But there is no ferryman.
> He could not bend against its propelling force.

> It is not to be seen beneath the appearances

That tell of it. The steeple at Farmington
Stands glistening and Haddam shines and sways.

It is the third commonness with light and air,
A curriculum, a vigor, a local abstraction ···
Call it, once more, a river, an unnamed flowing,

Space-filled, reflecting the seasons, the folk-lore
Of each of the senses; call it, again and again,
The river that flows nowhere, like a sea.

. . . 그 강둑엔

어떤 유령도 걷지 않는다. 그 강은 운명적이다.
마지막 강[저승의 강]이 그러하듯. 하지만 이 강엔 사공이 없다.
그는 강의 거센 흐름을 거슬러 노 저을 수 없다.

그것에 대해 말하는 외양들 아래를 봐서도 안 된다.
파밍턴의 십자가는 반짝이며 서 있고
해덤이 빛나며 바람에 흔들린다.

그것은 빛과 공기와 더불어 세 번째 친숙한 것,
하나의 과정, 어떤 활력, 지역의 한 추상….
그것을 다시 한번 강이라 하자, 이름 없는 하나의 흐름,

맺는 말

공간을 채우고, 계절들을 반영하며,

각각의 감각들이 이룬 민속 이야기, 그것을 다시 또다시 부르라.

바다처럼, 아무 곳으로도 흐르지 않는 강이라고. (CP 533)

현실에 대한 스티븐스의 관심은 무엇보다 과거 기독교적 현실관의 붕괴에 뿌리를 둔 것이라 할 수 있다. 가속화되는 과학기술의 발달과 소비물질주의의 만연함 속에서 사라진 신과 믿음, 또 정신성을 회복하는 것은 지난한 일이 아닐 수 없었다. 그러나 스티븐스에게 있어 기독교는 부정할 수 없는 유년시절의 토대를 이루고 있었던 것 같다. 그가 생애 마지막 순간 기독교에 귀의를 했는지는 아직도 논란의 대상이지만, "신이 나에 대한 마음을 정하기 전에 내가 신에 대한 마음을 정해야 한다"(L 763)는 그의 말년의 고백으로 미루어 볼 때, 그가 과거 신앙으로 귀의해야 함을 감지하고 있었음은 헤아리기 힘들지 않을 것 같다. 시인으로서 현실 탐구 과정에 있어 스티븐스는 세계의 바탕으로부터 "지금 있음"을 그려내는 마음과 상상력에 주목하였고, 이러한 지금 있음은 무한한 가능성과 영향력으로 드러나려는 목적을 지닌 세계의 존재와 하나됨을 인지하였던 것 같다.

타계하기 전 1955년 1월, 두 번째 전미도서상 수상 소감을 말하며 스티븐스는 자신의 시적 기여는 미미할지 모르나, 그를 통하여 "그 너머에 있는 위대함, 마음속에 있는 마음 위의 힘, 우리 안에서 또 우리 주변에서 스스로를 비추는 상상력의 무한히 광대한 영역"을 알게 되었다고 술회하고, 이것이 "모든 시인이 최대한 이루고자 하는 소중한 범위"임을 밝혔다(CPP 876). 상상력의 시적 작용 속에서 현실의 "지금 있음"과 배

신비한 신학: 지금 있음에서 존재로

후 세계의 한 목적을 지닌 존재가 하나임을 보이는 스티븐스의 신비의 신학은 육화된 성자를 통하여 배후의 성부와 현실의 성령이 하나로 합일되는 삼위일체의 기독교 신학의 또 다른 그림자라고 할 수 있겠다. 현실에 대한 스티븐스의 탐구는 그 자체로 그가 말한 "실존에 대한 끝없는 연구"(the endless study of existence, NA 176)의 소중한 일부를 이루고 있다고 여겨진다.

인용 문헌

Arbery, Glenn C. "Our Cousin, Mr. Stevens." *Modern Age* 56.2 (Spring 2014): 19-31.

Armstrong, T. D. "An Old Philosopher in Rome." *Journal of American Studies* 19.3 (1985): 349-68.

Bates, Milton J. "Stevens and the Supreme Fiction." *The Cambridge Companion to Wallace Stevens*. Ed. John N. Serio. Cambridge: Cambridge UP, 2007. 48-61.

---. *Wallace Stevens: A Mythology of Self*. Berkeley and Los Angeles: U of California P, 1985.

Berger, Charles. *Forms of Farewell: The Late Poetry of Wallace Stevens*. Madison: U of Madison P, 1985.

Blessing, Richard Allen. *Wallace Stevens' "Whole Harmonium."* Syracuse:

Syracuse UP, 1970.

Bloom, Harold. *Wallace Stevens. The Poems of Our Climate.* Ithaca: Cornell UP, 1976.

Bove, Paul A. *Destructive Poetics: Heidegger and Modern American Poetry.* New York: Columbia UP, 1980.

Brazeal, Gregory. "The Supreme Fiction: Fiction or Fact?" *Journal of Modern Literature* 31.1 (2007): 80-100. Web. JSTOR, www.jstor.org/stable/30053254.

Cook, Eleanor. *A Reader's Guide to Wallace Stevens.* Princeton: Princeton UP, 2007.

Critchley, Simon. *Things Merely Are: Philosophy in the Poetry of Wallace Stevens.* London and New York: Routledge, 2005.

Doggett, Frank. "Wallace Stevens' Later Poetry." *ELH* 25.2 (1958): 137-54.

Hines, Thomas. *The Later Poetry of Wallace Stevens; Phenomenological Parallells with Husserl and Heidegger.* Lewisburg: Bucknell UP, 1976.

Jarraway, David R. *Wallace Stevens and the Question of Belief: Metaphysician in the Dark.* Baton Rouge: Lousiana State UP, 1993.

Kermode, Frank. "Dwelling Poetically in Connecticut." *Wallace Stevens: A Celebration.* Eds. Frank Doggett and Robert Buttel. Princeton: Princeton UP, 1980. 256-73.

Keane, Patrick J. "On Truth and Lie in Nietzsche." *Salmagundi* 29 (1975): 67-94. Web. JSTOR, www.jstor.org/stable/40546854.

Leggett, B. J. *Late Stevens: The Final Fiction.* Baton Rouge: Louisiana State UP, 2005.

Levinson, Henry Samuel. "Meditation at the Margins: Santayana's 'Skepticism and the Animal Faith.'" *The Journal of Religion* 67.3 (1987): 289-303.

Miller, Hillis. "Wallace Stevens' Poetry of Being." *The Act of Mind: Essays on the Poetry of Wallace Stevens.* Eds. Roy Harvey Pearse and J. Hillis Miller. Baltimore: The John Hopkins P, 1965. 143-62.

Morris, Adalaide Kirby. *Wallace Stevens: Imagination and Faith.* Princeton: Princeton UP, 1974.

Pippo, Alexander Ferrari di. "The Concept of Poiesis in Heidegger's *Introduction to Metaphysics.*" *Thinking Fundamentals: IWM Junior Visiting Fellows Conferences* 9. Vienna, 2000.

Price, Mark. "The Poetry of Dasein: Martin Heidegger's Existential Phenomenology as an Interpretive Model for Wallace Stevens." *The Midwest Quarterly* 56.4 (2015): 365-74.

Stevens, Wallace. *The Collected Poems of Wallace Stevens.* New York: Alfred A. Knopf, 1980 (1954).

---. *Wallace Stevens: Collected Poetry and Prose.* Eds. Frank Kermode and Joan Richardson. New York: The Library of America, 1997.

---. *Letters of Wallace Stevens.* Ed. Holly Stevens. Berkeley: U of California P, 1996.

---. *The Necessary Angel: Essays on Reality and the Imagination.* New York: Vintage Books, 1951.

---. *Opus Posthumous.* Ed. Samuel French Morse. New York: Alfred A. Knopf, 1980 (1957).

Tompsett, Daniel. *Wallace Stevens and Pre-Socratic Philosophy: Metaphysics and* the *Play of Violence*. New York: Routledge, 2012.

Vallbe, Joan-Josep. "Gabriel Ferrater: A Note on Science, Ideas, and Poetry." *Journal of Catalan Intellectual History* (2016): 136-43. Web. Online ISSN 2014-1564. DOI: 10.1515/jocih-2016-0012.

Vendler, Helen. *Last Looks, Last Books: Stevens, Plath, Lowell, Bishop, Merrill*. Princeton: Princeton UP, 2010.

Wheeler, Michael. "Martin Heidegger." *The Stanford Encyclopedia of Philosophy*. Fall 2020 Edition. Ed. Edward N. Zalta. URL = ⟨https://plato.stanford. edu/archives/fall2020/entries/heidegger/⟩.

Ziarek, Krzysztof. "'Without Human Meaning': Stevens, Heidegger and the Foreignness of Poetry." *Wallace Stevens across the Atlantic*. Eds. Bart Eeckhout and Edward Ragg. New York: Palgrave Macmillan, 2008. 79-94.

신비한 신학: 지금 있음에서 존재로

A Mystical Theology: from Being to Presence[*]

Wallace Stevens, in one of his essays, diagnosed his era as "a time in which the search [for] the supreme truth has been a search in reality or through reality," and observed that "the prodigious search [for] appearance" in the contemporary arts forms a kind of "mystical theology," because in that search "reality changes from substance to subtlety" (NA 173-74). These observations about the contemporary arts indicate one of the important characteristics of Stevens' later poems, especially those written after 1947, since many of these poems capture the moments in which reality as substance is transformed into a subtle

* This work was supported by the National Research Foundation of Korea Grant funded by the Korean Government (NRF-2011-35C-A00770).

Abstract

conception, as Stevens tries to project reality in its entirety from the surface of the physical reality experienced in the ordinary world.

In this study, I examine how the later poems of Stevens present "a mystical theology," particularly in relation to the use of words in these poems such as "being," "be," and "presence." These concepts are frequently discussed in ontology, and Stevens' later poems have apparent parallels with the thoughts of Heidegger, Husserl, and even pre-Socratic philosophy, as many critics have noted. However, I chose to approach these later poems without reference to these theoretical frames and so I examined how these philosophical terms are actually used in the poems, and the ways in which their meanings emerge. A close reading of these poems, particularly focused on the use of word "being," shows by induction that they form a kind of theology that centers around a trinity composed of "being," "imagination/poetry," and "the world as presence."

While many of the philosophical approaches to Stevens' conception of reality presuppose a univocal idea of "being" as truth or reality, a closer, practical examination of the use of the word in each poem demonstrates that "being" has different shades of the meaning in various contexts, as follows: the instantaneous figurations of the surrounding world through imaginative projections, which is called "poesis;" the process through which we construct a meaningful structure by finding resemblance, analogy, or metaphor; poetry as a

신비한 신학: 지금 있음에서 존재로

whole; a mode of existence in one place; the act or process of understanding in the mind; natural environments in the lives of farmers; a force or a power motivating all kinds of everyday act; changes in the natural world; the vast universe as a live entity; "the power over the mind that lies in the mind itself," and so on. These various shades of meaning of the concept of "being" ultimately turn out to be the flipside of the "world as presence," because the world is "active with a power, an inherent life," as it has "a purpose intended to be seen." As he grows old and approaches his death, Stevens pays more attention to the physical phenomena in the surrounding outer world than to the imaginative acts of the mind.

Through poetry, Stevens seems to have attempted to restore "la confiance au monde" (OP 199). In the fast-changing secularized world after World War II, he shows that in the physical world in the here and now lie credible possibilities. Stevens' later poems imply that our world, incessantly recreated by the imagination and transmuted into new and diverse forms, actually lies in the midst of a realization of a whole, an order, and, by extension, a presence. In his later poems, being and presence are one, in the same way that "God and the imagination are one," as he says.

Abstract

지은이 진경혜

전 고려대학교 영문과 강사. 고려대학교 영문과를 졸업, 서울대 대학원 영문과와 The Univ. of Oklahoma에서 석사를, 고려대학교 대학원 영문과에서 미국시 전공으로 박사 학위를 받았다. 학위 논문 『Invincible Invisible: 윌러스 스티븐스의 영웅 연구』(1984), 『윌러스 스티븐스와 현실』(1995)을 비롯, 윌러스 스티븐스 시와 현실 관계를 조명하는 일련의 논문들이 있으며 『현대 영미 종교시의 이해』(2016, 공저)가 있다.

신비한 신학: 지금 있음에서 존재로

월러스 스티븐스 후기시와 현실

발행일 • 2022년 1월 20일
지은이 • 진경혜
발행인 • 이성모 / 발행처 • 도서출판 동인 / 등록 • 제1-1599호
주소 • 서울시 종로구 혜화로3길 5 118호
TEL • (02) 765-7145, 55 / FAX • (02) 765-7165 / E-mail • dongin60@chol.com
Homepage • donginbook.co.kr

ISBN 978-89-5506-855-9
정가 16,000원

※ 잘못 만들어진 책은 교환해드립니다.